KB006865

1의 들러리

우리는 모두 1의 들러리였다.

평등이 가장 중요한 원칙으로 꼽히는 '학교'에도 암암리에 계급이 존재합니다. 집안이나 성적이 좋은 학생은 갑 혹은 귀족, 가난하거나 공부를 못하는 학생은 을 혹은 노예. 교사는 자신의 편의를 위해 계급을 옹호하거나 외면합니다. 《1의 들러리》는 교실에 존재하는 계급 문제를 폭로하고, 더 나아가 청소년 계급 속에 복잡하게 얽힌 입시 부정, 빈부 격차와 같은 사회문제를 함께 드러냅니다. 문제를 드러내는 과정에서 노예라는 신분에 번번이 좌절하는 청소년의 모습을 보여 주며 청소년이 사회로부터 물려받아야 하는 것이 계급론이 아닌 정의라는 사실을 나타냅니다. '어차피 잘될 놈은 정해져 있어. 나머지는 들러리일 뿐.'이라는 냉혹한 문장 앞에서도 주눅 들지 않고, 모두가 들러리가 아닌 주인공으로서 당당하게 살아가는 세상을 바랍니다.

소원라이트나우 03 light now
바로 지금, 용기 내어 이야기하는 청소년들의 가려진 문제를 양지로 이끌어 냅니다.

소원라이트나우 03

1의 들러리

초판 1쇄 발행 | 2019년 5월 30일 **초판 5쇄 발행** | 2020년 12월 30일

글 | 김선희
표지 일러스트 | 박혜림

펴낸이 | 이미순 **편집** | 전지애 **디자인** | 김성령

펴낸곳 | 소원나무
주소 | 경기도 파주시 회동길 37-20, 202호
전화 | 031-812-2552 **팩스** | 070-7610-2367
카페 | https://cafe.naver.com/swnamu
블로그 | https://blog.naver.com/swnamupublishing
페이스북 | https://www.facebook.com/sowonnamu
인스타그램 | https://www.instagram.com/sowonnamu
등록 | 제 406-2510020120002200호(2012.12.27)

ISBN 979-11-86531-96-9 44810
(세트) 979-11-86531-66-2 44800

이 도서의 국립중앙도서관 출판예정도서목록(CIP)은 서지정보유통지원시스템 홈페이지(http://seoji.nl.go.kr)와 국가자료종합목록 구축시스템(http://kolis-net.nl.go.kr)에서 이용하실 수 있습니다. (CIP제어번호: CIP2019019099)

문학나눔 선정도서 | 학교도서관저널 추천도서 | 책따세 추천도서 | 책씨앗 청소년부문 최고의 책

소원나무 WishTree는 한 권의 책 속에 우리의 꿈과 희망을 소중하게, 정성스럽게, 웅숭깊게 담아냅니다.

1의 들러리

김선희 장편소설

소원나무 WishTree

일러두기

※《1의 들러리》는 김선희 작가의 장편소설입니다.

※《1의 들러리》의 뒷부분에는 작가 메시지가 담겨 있습니다.

※《1의 들러리》는 문학성을 인정받아 '2019년 문학나눔' 도서로 선정되었습니다.

※《1의 들러리》는 전자책 및 오디오북으로도 만나 보실 수 있습니다.

차례

1부

김선희

2012년 《열여덟 소울》로 살림 YA문학상을, 2012년 《더 빨강》으로 사계절 문학상 대상을 수상했다.

1

어둠이 깔린 공원에 아이들이 모여들었다. 깔끔하게 손질된 나무와 모던한 벤치, 최신형 운동기구가 놓여 있는 아담한 공원이었다. 공원 주변을 병풍처럼 둘러싸고 있는 고급 아파트가 이 작은 공원의 격조를 한층 높여 주었다.

이곳이 낮에는 개를 데리고 나온 노인들과 산책 나온 중년 부부, 유모차를 끌고 나온 젊은 부부들의 평화로운 놀이터라면 밤에는 청소년들의 불온한 놀이터가 된다.

밤의 공원을 장악한 무리들에게는 각자의 자리가 암묵적으로 정해져 있었다. 그들은 자신들이 차지하고 있는 구획을 벗어난 자리는 침범하지 않는다는 불문율을 지켰다. 각자의 서식지에서 담배를 빨거나 상대와 진한 키스를 하거나 온갖 음담패설을 내뱉을 뿐이었다. 말하자면 이곳은 청소년들이 하루 중 유일하게 제대로 숨을 쉴 수 있는, 숨의 통로 같은 곳이었다.

오늘은 잉걸의 열아홉 번째 생일이었다. 잉걸, 서호, 도언, 우성, 진원. 다섯 명의 갤럭시 멤버들은 잉걸의 생일을 축하하기 위해 한자리에 모였다. 다른 멤버들이 생일 파티를 준비하는 동안 잉걸은 운동기구에 거꾸로 매달려 담배 연기를 밤하늘로 뿜어 올렸다.

진원이 촛불이 켜진 케이크를 들고 걸어왔고, 그 뒤를 남자애들과 여자애들이 따라왔다. 잉걸은 운동기구에서 가뿐히 땅 위로 뛰어내린 뒤 담배꽁초를 어둠 속으로 튕겨 버렸다. 네 명의 남자애들과 세 명의 여자애들이 잉걸을 빙 둘러쌌다. 여자애들은 잉걸이 오늘 처음 보는 얼굴들이었다. 잉걸은 진원이 들고 있는 케이크와 여자애들을 번갈아 바라보았다. 진원이 잉걸 귀에 대고 비굴해 보이는 얼굴로 속삭였다.

“내가 여자애들 좀 데리고 왔어.”

아이들이 생일 축하 노래를 불렀다. 노래가 유리 조각처럼 반짝거리며 조용한 공원에 퍼져 나갔다. 여자애들은 하나같이 날씬하고 예뻤는데, 대단한 파티에 온 것처럼 들뜬 표정으로 박수를 치며 장단을 맞췄다.

잉걸은 케이크 앞으로 다가가 입김을 후 불어 촛불을 껐다. 아이들이 환호성을 지르며 다시 박수를 쳤다. 도언이 샴페인 병을 땄다. 뻥! 하는 경쾌한 소리와 함께 샴페인 뚜껑이 밤하늘로 날아갔다. 뒤이어 용암이 분출되듯 거침없이 샴페인이 솟구쳐 올랐다. 도언은 터져 나오는 샴페인을 잉걸 몸에 뿌렸다. 잉걸은 온몸에 샴페인을 맞으면서 환하게 웃었다. 누군가 폭죽을 터트렸다. 폭죽은 요란한 소리와 함께 불꽃을 번뜩이며 밤하늘로 튀어 올라갔다. 진원이 생크림을 손가락으로 찍어 잉걸 뺨에 묻혔다.

"오늘 누가 저거 먹을래?"

진원이 여자애들에게 물었다. 여자애들이 일제히 손을 번쩍 들었다. 제발 나를 뽑아 줘, 라는 애절한 눈빛으로. 도언이 잉걸에게 말했다.

"안 되겠네. 잉걸아, 네가 골라 봐라."

잉걸은 여자애들을 한 명 한 명 훑어보더니 그중 포니테일 머리를 한, 키가 가장 크고 날씬한 여자애를 손가락으로 가리켰다. 포니테일은 활짝 웃으며 거침없이 잉걸에게 다가갔다. 나머지 두 명은 실망한 얼굴로 입술을 삐

죽 내밀었다.

포니테일이 잉걸 뺨에 묻어 있는 생크림을 혀로 핥고는 혀끝에 묻은 하얀 생크림을 맛있게 먹었다. 질투에 가득 찬 눈빛으로 포니테일을 흘겨보는 여자애들과는 달리 남자애들은 신이 나서 소리쳤다.

"키스해! 키스해!"

포니테일이 묶은 머리를 풀었다. 길고 풍성한 머리카락이 어깨 위에서 물결쳤다. 머리를 푼 여자아이는 훨씬 더 성숙해 보였다. 잉걸이 포니테일 머리를 한 손으로 감싸 쥐더니 키스를 하기 시작했다. 남자아이들은 휘파람을 불며 환호했고, 여자애들은 뾰로통한 얼굴로 그들의 키스를 지켜보았다. 키스는 지루할 정도로 오래 계속되었다. 포니테일 목이 15도쯤 꺾였고, 두 사람의 몸은 곧 쓰러질 것처럼 무게중심이 한쪽으로 쏠렸다.

그때 침입자가 나타났다. 밤의 공원에는 도저히 어울리지 않는 40대 중반의 남자였다. 남자는 술에 취해 비틀거리며 공원을 가로질러 가다 키스를 하고 있는 잉걸을 발견하고는 잉걸에게 다가왔다. 남자는 초점이 완전히 풀린 눈으로 잉걸과 포니테일을 빤히 쳐다보았다. 그러더니 갑자기 두 사람 사이로 뛰어들었다.

“머리에 피도 안 마른 새끼들이 뭐 하는 짓이야?”

잉걸이 미간을 찡그리며 손등으로 입술을 닦았다. 포니테일은 팔짱을 끼고 취객을 노려보았다. 남자애들이 험악한 얼굴로 남자를 둘러쌌다. 남자는 비틀거리면서도 중심을 잡고 서서 아이들에게 삿대질을 했다.

“이 새끼들이 한판 뜨자는 거냐? 그래, 덤벼.”

남자 말이 끝나기도 전에 도언의 주먹이 남자 얼굴을 가격했다. 남자가 비틀거리며 넘어졌다. 진원이 넘어진 남자의 가슴을 발로 마구 짓밟았다. 아이고, 사람 죽네. 남자가 비명을 질렀다. 나머지 멤버들도 남자에게 발길질을 했다. 남자의 입술이 터져 얼굴이 금세 피범벅이 됐다. 여자애들은 와이셔츠까지 피로 범벅이 된 남자를 내려다보며 시시덕거렸다. 잉걸은 남자를 한 번 내려다보더니 다시 포니테일 목덜미를 잡고 격렬한 키스를 했다.

어둠과 고요 속에 묻혀 있던 공원은 발길질 소리와 기괴한 비명 소리로 소란스러워졌다. 자신들의 서식지에서 본연의 임무에 충실하고 있던 다른 아이들이 소리 나는 쪽을 힐끔거렸지만, 이내 관심 밖이라는 듯 무심하게 담배를 빨거나 상대방 입술을 빨거나 쉴 새 없이 바닥에 침을 뱉거나 밤하늘에 대고 쌍욕을 날렸다.

신참 박 순경은 하루 종일 정신이 없었다. 이 지구대에 부임한 이래 매일 사건 사고의 연속이었다. 오늘은 공원에서 난동을 부리는 청소년과 취객이 있다는 신고를 받고 현장에 출동했다. 현장은 난장판이었다. 너덧 명의 청소년들이 취객을 무자비하게 폭행하고 있었고, 피투성이가 된 취객 주변에는 담배꽁초와 술병, 짓이겨진 생일 케이크가 나뒹굴고 있었다. 박 순경은 아이들과 취객을 지구대로 끌고 왔다. 취객은 입술이 터지고 여기저기 타박상만 입었을 뿐 큰 부상은 없었다. 취객은 벌에 쏘인 것처럼 퉁퉁 부어오른 입술로 지구대로 오는 내내 아이들에게 욕설을 퍼부었다.

사건 현장에서 구경만 하고 있던 여학생들은 훈방 조처했다. 문제는 폭행에 가담한 남학생들이었다. 남학생들은 술에 취한 남자가 먼저 시비를 걸었고, 자기들은 방어를 한 것뿐이라며 억울하다는 얼굴로 항변했다. 지구대 책임자인 탁 경감은 간단한 업무 처리를 마치고는 아이들이 적어 놓은 자술서를 읽었다.

— 저는 폭행에 가담하지 않았습니다.

한 줄짜리 간단한 자술서를 읽은 탁 경감은 작성자 이름을 보고 깜짝 놀랐다. 박잉걸. 아는 이름이었다.

박잉걸의 아버지 박상기는 이름만 대면 알 만한 대기업 상무였고, 어머니 은아영은 우리나라 화단畫壇에서 알아주는 유명 화가였다. 그들은 이곳 강남에서도 최고가 아파트에 거주하는 최상류층이었다. 하지만 탁 경감이 긴장하는 이유는 다른 데 있었다.

박잉걸 부모는 물심양면으로 지역사회를 위해 헌신하고 있었다. 박잉걸 아버지는 몇 년 동안 크리스마스 시즌에 익명으로 쌀을 기부해 '얼굴 없는 산타'라는 별명으로 불렸다. 우연히 이름이 알려지자 이제는 매년 자신의 이름으로 불우 이웃 성금을 내놓는다. 박잉걸 어머니는 청소년 선도를 위해 바쁜 시간을 내서 선도 활동을 하고 있다. 지금은 청소년 선도 위원회에서 회장을 맡아 주기적으로 야간 순찰을 돌기도 한다. 게다가 명절 때마다 지구대를 방문해 경관들에게 푸짐한 음식을 대접하거나 소외계층 아동을 위한 선물을 준비하기도 했다. 두 사람 다 존경받을 만한 모범적인 시민이었다.

탁 경감은 갈등했다. 다른 아이라면 몰라도 박잉걸은 어떻게든 풀어 줘야 한다. 탁 경감이 고민하고 있는 동안 박 순경은 아이들과 설전을 벌이고 있었다.

"부모님 연락처 대라니까."

"왜요?"

"대라면 대."

"민주 경찰이 이래도 되는 겁니까?"

진원이 옆에 쓰러져 세상모르고 자고 있는 남자를 가리키며 말했다.

"저 아저씨가 먼저 시비를 걸었어요."

"아무리 시비를 건다고 해도 그렇지, 네 아버지뻘 되는 사람을 저렇게 패냐?"

"나이 먹었다고 다 어른은 아니죠. 어른이 어른다워야 어른 대접을 해 줄 거 아닙니까?"

"근데 이 새끼들이 어디서 또박또박 말대꾸야? 너희들 혼나 볼래?"

지금껏 말없이 앉아 있던 서호가 갑자기 핸드폰을 꺼내서 재생 버튼을 눌렀다. 그러자 방금 전 박 순경이 했던 말이 그대로 재생됐다.

"폭언에 협박까지 하셨죠, 방금?"

박 순경은 난감했다. 보통내기들이 아니었다. 지구대에 끌려오면 잔뜩 주눅이 들어 고개조차 제대로 못 드는 애들하고는 차원이 달랐다. 말로는 통하지 않을 것 같았다. 그렇다고 욕을 하거나 폭력을 쓸 수도 없었다. 박 순경은 화가 머리끝까지 나서 폭발할 지경이었다.

"빨리 전화번호 대."

탁 경감이 박 순경 앞으로 다가왔다.

"이 건은 내가 맡을 테니까 박 순경은 노래방 취객 난동 현장에나 출동해."

박 순경은 잔뜩 못마땅한 얼굴로 동료 경관과 지구대를 나갔다. 아무리 봐주려고 해도 절차라는 게 있었다. 지구대에 넘어온 이상 부모들에게 연락을 해야 했다. 탁 경감은 핸드폰에 저장돼 있는 번호로 은 여사에게 전화를 걸었다.

탁 경감 전화를 받은 은 여사는 30분쯤 지난 뒤 우아한 차림새로 지구대 문을 열고 들어왔다. 짧은 시간에 이런 모습으로 나타날 수 있다는 게 불가사의할 정도로 완벽한 모습이었다. 옅은 화장에 세련되게 세팅된 머리, 귀에 붙어 있는 작은 진주 귀고리와 어울리는 샤넬 투피스, 검은 구두에 맞춘 검은색 켈리백까지. 탁 경감을 본 은 여사는 우아한 미소를 잃지 않은 채 가볍게 목례를 했다.

"오랜만이에요."

곧바로 약속이나 한 듯 다른 아이의 엄마들도 도착했다. 지구대로 들어오는 부인들을 차례로 보는 탁 경감의 등에서는 식은땀이 흘러내렸다. 한 아이의 엄마는 이 지역 구의원 사모님이었고, 다른 아이의 엄마는 이 지역에서 꽤 큰 종합병원 원장의 사모님이었다. 다른 한 사람도 이 지역 유지의 부인이었다. 그런데 진원이라는 학생의 엄마만 오지 않았다. 진원은 이 무리와 어울리지 않는 듯한 아이였다. 다른 네 명은 키가 크고 하나같이 잘생겼는데, 진원은 몸집이 왜소하고 결코 잘생겼다고 할 수 없는 평범한 얼굴이었다.

탁 경감에게 자초지종을 들은 네 명의 엄마들은 이 자리에 와 있는 것 자체가 불쾌하다는 듯 잔뜩 미간을 찡그린 채 탁 경감을 위아래로 쏘아보았다.

“저희도 신고가 들어온 이상 어쩔 수가 없었습니다. 아무것도 아닌 일로 이렇게 심려를 끼쳐 드려서 죄송합니다.”

구의원 부인이 싸늘한 얼굴로 말했다.

“아, 됐고. 서장 나오라고 해요.”

탁 경감이 절도 있게 거수경례를 했다.

“여긴 지구대라서 서장이 없습니다. 제가 책임잡니다.

탁만희 경감입니다."

구의원 부인은 곧바로 자기의 무지無知에서 나온 실수를 알아차리고 입을 다물었다. 탁 경감은 아이들에게 아무런 피해가 가지 않는 것은 물론 학교에도 절대 알리는 일이 없을 것이며 가벼운 훈계만 해서 내보낼 것이니 너무 걱정 말라고, 마치 상관에게 브리핑이라도 하듯 장황하게 설명했다. 그러자 지금까지 잠자코 있던 은 여사가 부드러운 미소를 지으며 말했다.

"우리 애가 오늘 생일입니다. 딴짓 안 하고 공부만 하는 아이인데 그 모습이 안쓰러워 오늘 하루 마음껏 놀라고 제가 허락했어요. 경감님 신경 쓰이게 만든 것 같아 정말 죄송합니다. 제가 이렇게 사과드리겠어요."

은 여사가 허리를 숙였다. 탁 경감 얼굴에 당혹스러운 빛이 역력했다.

"아이고, 여사님. 별말씀을."

"우리 애 데리고 가도 되겠습니까?"

"네. 그러시죠."

은 여사가 또각또각 구둣발 소리를 내며 잉걸에게 걸어갔다.

"가자."

아이들이 일제히 벌떡 일어났다. 엄마들이 아이들을 한 명씩 데리고 지구대를 나갔다. 의자에는 얼굴이 피범벅이 된 채로 곯아떨어져 코를 골고 있는 취객과 두 눈을 말똥말똥 뜨고 있는 진원만 앉아 있었다. 탁 경감은 진원 얼굴을 빤히 내려다보았다.

"넌 부모님 왜 안 오시냐?"

진원은 조금 전 기세등등했던 때와는 달리 풀이 죽어 보였다. 잠시 고개를 떨구고 있던 진원이 기어드는 목소리로 말했다.

"부모님 안 계시는데요."

"안 계셔?"

"네."

탁 경감은 그제야 찬찬히 진원을 훑어보았다. 경관 생활을 30년 이상 하다 보면 반 관상쟁이가 된다. 첫눈에 그 사람의 과거와 현재는 물론 생활 형편이나 범죄 유무까지도 대충 파악할 정도로 탁 경감은 사람 대하는 일에 이력이 났다. 탁 경감 눈에 진원은 함께 끌려왔던 다른 애들과는 어울리지 않았다. 다른 아이들과 다른, 어딘지 모르게 불안하면서도 어두운 그늘이 드리워져 보였다. 탁 경감은 귀찮다는 듯 한숨을 내쉬며 말했다.

"알았다. 너도 집에 가라."

진원은 자리에서 벌떡 일어나 빠른 걸음으로 지구대를 빠져나갔다.

2

"할머니, 목욕할 시간이에요."

동욱은 침대에 누워 있는 매화 할머니를 내려다보았다. 매화 할머니는 퀭한 눈빛으로 껌을 씹듯 계속 입을 오물거리고만 있을 뿐 아무 반응이 없었다. 말라비틀어진 팔과 다리에는 허연 버짐이 피어올라 있었고, 몸에서는 심한 악취가 풍겼다. 이곳에 있는 노인들에게서 나는 흔한 악취였다. 갓 목욕을 마쳤을 때는 장미나 라일락 향이 나던 노인들이 일주일 뒤에 와 보면 뭔가 썩는 냄새를 다시 풍겼다. 동욱은 코가 문드러질 것 같은 냄새를 맡을 때마다 속이 뒤틀렸다. 이제는 익숙해질 만도 했지만 아직도 그 냄새는 참기 힘들었다.

"할머니, 지금 목욕하러 갈 거예요."

동욱은 허리를 숙여 한 손은 매화 할머니의 어깨 쪽에, 한 손은 허벅지 쪽에 넣고 할머니를 번쩍 들어 올렸다. 매화 할머니는 영혼이 빠져나간 듯한 눈으로 허공의 한 곳을 보고 있었다. 아니, 보고 있는 게 아니라 그냥 눈을 뜨고 있는 거였다.

'이런 몸에도 영혼이 있을까? 이렇게 몸만 살아 있는 게 과연 살아 있다고 할 수 있을까? 이렇게 살아 있는 게 무슨 의미가 있지?'

동욱은 매화 할머니를 볼 때마다 그런 생각이 들었다. 매화 할머니는 노인 요양 시설인 이 은빛사랑채에서도 중증 환자에 속했다. 대소변도 가릴 줄 몰랐고, 혼자서는 식사도 못했다. 할머니가 할 수 있는 거라고는 먹고, 자고, 숨 쉬고, 배설하는 것뿐이었다.

은빛사랑채에는 매화 할머니 같은 중증 환자부터 가벼운 치매를 앓고 있는 치매 환자, 거동이 불편한 노인들까지 약 스무 명 정도가 지내고 있었다. 그중에는 겉으로 보기에 멀쩡한 노인들도 있었다. 갈 데가 없거나 자식들이 강제로 맡겨 놓고 가 버린 경우였다.

동욱은 할머니 할아버지들에게 꽃 이름을 붙여서 불렀다. 매화 할머니, 목련 할머니, 개나리 할머니, 제비꽃 할머니, 해바라기 할아버지, 아카시아 할아버지. 꽃은 활짝 피어 있을 때는 향기가 나지만, 지고 난 뒤에는 만지면 푸석거려 가루로 날아가 버린다. 이 노인들이 그랬다. 한 때는 예쁜 꽃이었을 몸이지만 이제는 향기도 없고 색깔도 바랜, 더는 꽃이라 불릴 수 없는, 가볍고 볼품없는 존재가 되어 버렸다.

그래도 동욱은 노인들을 꽃이라고 생각하기로 했다. 지독한 냄새 대신 향기로운 향기를 맡으려고 했고, 주름과 검버섯투성이인 몸은 아직도 싱싱한 꽃잎이라고 상상했다. 그렇게 생각하면 그나마 힘든 걸 견딜 수 있었다.

동욱이 매화 할머니를 안고 목욕탕에 들어갔을 때, 목욕탕 안에는 향긋한 라일락 향이 밴 김이 자욱했다.

"왔어?"

샤워기로 바닥에 물을 뿌리고 있던 지아가 매화 할머니를 안고 들어오는 동욱을 보더니 옆으로 비켜섰다. 욕실 바닥에는 목욕용 매트가 깔려 있었다. 지아는 따듯한 김이 피어오르는 샤워기 물을 매트에 뿌렸다. 동욱은 매화 할머니를 매트 위에 조심스럽게 눕혔다.

"힘들지?"

지아 얼굴은 빨갛게 상기돼 있었고, 온몸은 땀으로 젖

어 있었다. 지친 표정이 역력했다.

"아직 참을 만해."

"힘내. 이제 한 분 남았어."

지아는 매화 할머니 옷을 벗겼다. 이미 할머니 다섯 분을 씻긴 뒤라 옷을 벗기는 일은 능숙했다. 헐렁한 티셔츠를 머리 위로 올려 벗기고, 통 넓은 고무줄 바지도 끌어당겨 벗겼다. 그러자 기저귀만 찬 알몸이 드러났다. 지아는 기저귀마저 벗겨 냈다.

"할머니, 이제 씻을 거예요."

지아는 샤워기 물을 따듯하게 조절해 매화 할머니 몸 위로 조심스럽게 뿌린 다음 얇은 수건에 샤워젤을 묻혀 몸을 구석구석 닦았다. 빳빳한 살가죽이 이리저리 밀려다니면서 앙상한 뼈가 지아 손가락 끝에 닿았다. 앞쪽을 다 닦고 나서 할머니 몸을 뒤집었다. 등에서 엉덩이를 지나 허벅지와 다리까지 꼼꼼히 닦고 따듯한 물을 뿌렸다. 가죽처럼 빳빳했던 살가죽이 한결 부드러워졌다.

지아는 누군가의 몸을 한 번도 씻겨 본 적이 없었다. 그래서 오늘 처음 본 은빛사랑채 원장님이 목욕 봉사를 하라고 말했을 때, 아연실색했다. 자원봉사 아주머니가 첫 시범을 보일 때만 해도 눈을 어디에 둬야 할지 몰랐다. 하지만 요령을 배우고 난 뒤에는 민망함도 사라졌다.

마지막 할머니는 몸이 거대한 나팔꽃 할머니였다. 나팔꽃 할머니는 다른 할머니들보다 몸이 두 배쯤 컸다. 목욕탕에 들어올 때도 동욱과 다른 봉사활동자 두 명이 붙어 겨우 들고 왔을 정도였다.

나팔꽃 할머니는 바람이 빵빵한 고무 인형 같았다. 결국 뒤집는 건 힘에 부쳐 몸을 비스듬히 기울여서 한쪽 등을 닦고, 반대편으로 가서 똑같은 방법으로 나머지 등을 닦았다. 나팔꽃 할머니까지 다 씻기고 난 뒤에는 기진맥진해져서 물이 흥건한 바닥에 털썩 주저앉고 말았다. 온몸이 땀으로 젖었고, 팔다리도 쑤셨다.

지아가 목욕탕 청소를 한 뒤 대충 샤워를 마치고 나오자 동욱이 음료수가 담긴 종이컵을 내밀었다. 동욱 얼굴에는 미안한 기색이 가득했다.

“오늘 정말 고생했어. 힘들었지? 미안해.”

지아는 젖은 머리카락을 한 손으로 쓸어 올리며 한숨을 푸우, 내쉬었다.

“네가 왜 미안해?”

“응?”

“내가 원해서 온 건데 왜 네가 미안해하냐고.”

지아 얼굴에 살짝 비웃음이 스치고 지나갔다. 동욱은 어쩔 줄을 몰라 하며 어색하게 웃었다.

입학식 날 지아는 동욱과 대각선에 자리한 앞쪽에 앉아 있었다. 왼쪽 얼굴이 보이는 위치였다. 지아의 반쪽 얼굴을 본 순간 동욱은 자기도 모르게 탄성을 내뱉었다.

'이건 기적이야.'

한 번도 본 적이 없는 얼굴이었지만 단번에 심장을 후벼 팠다. 동욱이 오랫동안 종이에 그려 왔던 바로 그 얼굴이었다. 동욱은 어려서부터 종이만 보면 그림을 그렸다. 다른 남자아이들이 로봇이나 자동차 같은 걸 그릴 때 동욱은 여자아이를 그렸다. 다른 그림을 그리려고 해도 종이에는 언제나 똑같은 여자아이가 그려졌다. 어깨에서 찰랑거리는 머리카락과 길고 가느다란 목선, 긴 콧날과 도톰한 입술, 턱에서 목까지 이어지는 날렵한 턱선. 그려 놓고 들여다볼 때마다 감탄이 나올 만한 얼굴이었다.

동욱은 그 여자아이 이름을 '제아'라고 지었다. 그리고 언제부터인가 제아를 사랑하게 됐다. 어렸을 때는 제아와 꿈속에서 소꿉놀이를 했다. 넌 아빠, 난 엄마. 제아가 낭랑한 목소리로 그렇게 말하면 동욱은 배꼽 주위가 간질간질했다. 동욱과 함께 제아도 자랐다. 제아는 점점 더 성숙해졌다. 가슴도 나왔고, 허리도 잘록해졌다. 성욕이 온몸을 달뜨게 만들었던 어느 날 밤에는 발가벗은 제아를 그렸다. 그날 밤 발가벗은 제아가 동욱의 꿈속으로 들어왔다.

창으로 들어온 햇살이 마치 연극 무대 위에 조명을 비추듯 지아에게로 한꺼번에 쏟아졌다. 지아와 제아가 하나가 되는 순간이었다. 동욱은 가만히 탄성이 섞인 한숨을 내뱉었다. 동욱은 입학식 내내 지아에게서 눈길을 뗄 수가 없었다. 지아가 골똘히 뭔가를 내려다보거나 하품을 하거나 주위를 두리번거리는 모습을 도둑처럼 훔쳐보았다. 그동안 동욱이 수없이 그려 왔던 제아의 행동을 지아가 하고 있었다. 지아의 이름이 제아와 비슷하다는 사실을 확인한 뒤로는 이 모든 게 운명이라고 생각했다.

지아는 동욱과 같은 반이 아니었지만 동욱은 하루에도 몇 번씩 지아와 마주쳤다. 복도에서, 운동장에서, 급식소에서, 등굣길에서. 그리고 그때마다 입학식 날 강당에서 지아를 처음 봤을 때처럼 심장이 두근거렸다. 2학년 때는 같은 반이 되길 간절히 바랐지만 다른 반이 되었고, 마침내 3학년 때 기적처럼 같은 반이 되었다. 동욱은 지아에게 몇 번이나 고백하려 했다. 화이트데이, 빼빼로데이, 크리스마스이브 때면 지아에게 줄 편지를 쓰거나 선물을 샀지만 결국 그것들을 한 번도 지아에게 건네주진 못했다. 고백이 받아들여지지 않을 거란 불안감과 스스로에 대한 열등감 때문에 속으로만 끙끙 앓았다. 결국 동욱은 지아에게 말 한마디 붙여 보지도 못했다. 그러던 중 지난주, 지아가 먼저 동욱에게 말을 걸었다.

"너 봉사활동 다니는 데가 어디야?"

동욱은 기절할 것처럼 온몸이 떨렸지만 애써 정신을 차리며 말했다.

"응. 은빛사랑채라는 노인 요양 시설이야."

"나도 거기 데리고 가 줄래?"

심장이 제멋대로 나댔지만 동욱은 겉으로는 태연한 척했다. 봉사활동을 하는 동안에도 심장은 계속 통제 불능이었다.

봉사활동이 끝나고 두 사람은 원장실로 들어갔다. 원장은 프린터에서 봉사활동 확인서 두 장을 뽑아 한 장은 동욱에게, 한 장은 지아에게 내밀었다.

"매주 이렇게 빠지지 않고 오기 힘든데 정말 고맙다."

동욱이 재빨리 원장 말을 끊었다.

"제가 좋아서 하는 일인데요, 뭐."

동욱은 봉사활동 확인서를 접어 봉투에 넣었다.

두 사람은 밖으로 나왔다. 초여름의 더위는 사라졌고, 검붉고 스산한 저녁노을이 온 세상을 붉게 물들이는 중이었다.

"오늘 어땠어?"

동욱은 지아 얼굴을 똑바로 보지도 못하고 고개를 숙인 채 물었다. 따라온 걸 후회하면 어떡하나, 이런 곳에 데리고 왔다고 원망하지나 않을까, 동욱은 하루 종일 좌불안석이었다. 그러면서도 지아와 함께 있는 게 너무 좋아 몸에 중력이 없는 것처럼 1층에서 2층으로, 이 방에서 저 방으로, 날듯이 뛰어다녔다.

지아는 몹시 씁쓸한 표정으로 말했다.

"60년쯤 뒤의 내 미래에 대해서 생각했어."

"어떤 미래?"

"만약에 말이야. 나도 저 할머니들처럼 스스로 내 몸을 돌보지 못하게 되면 어떻게 될까? 내가 할 수 있는 거라곤 오직 숨쉬기밖에 없을 때, 난 어떻게 해야 되지? 뭐, 그런 생각."

동욱은 단호한 얼굴로 말했다.

"난 그렇게 되기 전에 스스로 목숨을 끊을 거야."

지아가 걷다 말고 걸음을 멈추더니 동욱 얼굴을 빤히 들여다보았다. 지아 얼굴에 붉은 기운과 어둠이 적당히 섞인 저녁놀이 스며들어 있었다.

"정말?"

"응. 내가 살아 있는 건, 내 몸을 스스로 돌볼 수 있을 때나 가능한 거지. 만약 그렇지 못할 때는 죽은 거나 다름없으니까 더 살아 있을 필요가 없다고 생각해."

"그래도 하루라도 아니, 한 시간이라도 더 살고 싶지 않을까? 나 아까 매화 할머니를 보면서 생각했어. 이 할머니는 너무 살고 싶어 하는구나, 하고."

"그걸 어떻게 알았는데?"

"그냥 그런 느낌이 들었어. 할머니가 목욕을 즐기고 계신 거 같았달까? 몸이 어떤 신호를 보내는 것 같았거든. 뭐라고 표현할 순 없지만 분명히 그걸 느꼈어. 할머니가 목욕을 즐기고 있다는 건 할머니가 살아 있다는 걸 즐긴다는 거고, 그건 어쩌면 더 살고 싶어 한다는 증거가 아닐까?"

동욱은 진지한 표정의 지아를 보며 자기도 모르게 미

소를 지었다. 지금 내 앞에 지아가 있다. 마치 오래전부터 친구였던 것처럼 이렇게 자연스러운 대화를 주고받으면서. 이게 꿈은 아니겠지?

꿈속의 제아도 종종 현실 같았다. 생명이 없던 제아가 꿈속에서는 살아 있는 인간이 됐다. 뺨은 복숭아처럼 발그레했고, 윤기 나는 머리카락은 어깨 위에서 파도처럼 찰랑거렸다. 숨소리는 감미로웠고, 손을 잡으면 따듯한 기운마저 느껴졌다. 제아와 함께 손을 잡고, 함께 바닷가 모래 위를 걸었다. 하지만 제아는 동욱 곁에 오래 머물러 주지 않았다. 꿈에서 깨고 나면 생명체였던 제아는 그림이 됐다.

제아와도 이렇게 석양이 진 들판을 걸었나? 동욱은 제아와 함께 있었던 꿈속 장면을 기억해 냈다. 그러고 보니 이런 순간이 있던 것도 같았다. 그때는 들판이 아니라 해가 지는 바닷가를 손잡고 걸었는데.

지아가 다시 걷기 시작했다. 동욱도 지아 발걸음에 보폭을 맞춰 걸었다. 지아가 진지한 얼굴로 말했다.

"이렇게 힘든 일을 매주 빠지지 않고 하다니. 너 정말 대단하다. 그래도 세상이 아름다운 건 너 같은 애가 있기 때문인 것 같아."

석양이 온몸에 스며들어 불이 붙은 것처럼 몸이 뜨거워졌다. 동욱은 달아오른 얼굴을 지아에게 들키지 않으려고 먼 들판 쪽으로 고개를 돌렸다. 지아가 발걸음을 멈췄다. 동욱의 심장도 같이 멎는 듯했다. 지아가 동욱 얼굴을 빤히 바라보았다.

"뭐 하나 물어봐도 돼?"

"응. 뭐든지."

잠시 망설이던 지아가 말했다.

"아까 원장실에서 보니까 네 봉사확인서 이름난에 박잉걸이라고 적혀 있던데, 어떻게 된 거야? 설마 잉걸이 대신 네가 봉사한 건 아니겠지?"

3

성화황제(중국 명나라 9대 임금인 헌종. 성화는 헌종의 연호)가 신하 애박이를 염라왕에게 보내어 '아무개는 내가 가장 아끼고 사랑하는 사람이니 한 해만 잡아가지 말아 주십시오.' 하고 간청하자 염라왕이 '이는 천자의 말씀이라 거스르지는 못하여 부득이 들어주겠지만 한 해는 너무하니 한 달만 주나이다.'라고 답하였다.

애박이 다시 '한 해만 주소서.' 하고 아뢰자 염라왕이 '비록 천자라고 하여도 사람을 죽이고 살리는 것은 다 내 권한이거늘 다시 내게 빌어 청할 수가 있는가?' 하며 크게 노하였다. 성화황제가 이 말을 들으시고는 즉시 엄숙한 차림새를 갖추어 친히 오셨는데, 염라왕 자신은 북쪽 벽 붉은 비단 쳐진 곳에 금빛 의자를 놓고 앉고는 황제는 남쪽 벽의 의자에 앉혔다.

그러고는 "황제가 청하였던 사람을 즉시 잡아 오라." 고 명령을 내리고서 "이 사람의 죄가 중하고 소문이 났으니 그 손이 빨리 삶아지리라."고 하니 성화황제.

'성화황제'에서 마침표가 찍혀 있었다.

기수는 마침표에서 눈을 떼지 못했다. 마치 잘 달리던 고속도로에서 갑자기 벼랑을 만난 기분이었다. 기수는 노트북으로 뒷이야기를 쓰기 시작했다. 벼랑처럼 끊어진 이야기를 다시 이어 보고 싶었다.

성화황제는 매우 난감해하였다.

결국 황제가 청하였던 사람이 염라왕 앞에 끌려왔다. 그자는 명나라의 귀비 만정아였다. 만정아는 황제의 총애를 받았으나 질투가 강해 다른 귀비들을 독살하거나 괴롭힌 고약한 성정을 갖고 있던 여자였다. 황제는 만정아의 악행을 모두 알고 있었으나, 그래도 한때 그 치마폭에 싸여 행복했던 시절을 잊지 못해 염라왕에게 특별히 한 해만 더 살게 해 달라고 부탁을 했던 것이다.

하지만 염라왕은 만정아의 죄가 크므로 도저히 황제의 청을 들어줄 수가 없었다. 그 대신 손을 삶는 벌을 줌으로써 지옥에 떨어지는 벌을 대신해 주려고 했다.

기수는 글을 읽었다. 이렇게 계속 써 내려가면 앞뒤가 끊어진 〈설공찬전〉을 완성할 수 있지 않을까? 조선 시대의 채수가 되어 백성의 마음으로 마음껏 왕과 권력을 조롱하는 글을 쓸 수 있지 않을까?

끊어진 〈설공찬전〉을 읽으며 기수는 뒤를 이어 쓰고 싶은 욕구를 강하게 느꼈다. 파본을 읽을 때도 그랬다. 떨어져 나간 부분은 직접 이야기를 지어 채워 넣었다. 무수한 파본은 기수의 상상력이 더해져 완성본이 됐다.

그러나 그다음 이야기가 떠오르지 않았다. 오히려 지금까지 써 놓은 이야기도 마음에 들지 않아 모두 지워 버렸다. 가슴에 돌덩어리를 얹어 놓은 것처럼 답답했다.

〈설공찬전〉은 한 출판사가 조선 시대 금서들을 모아 엮은 《조선 시대의 금서》라는 책에 수록돼 있는 소설로, 조선 초기에 채수가 쓴 작품이었다. 죽은 설공찬 혼령이 사촌 동생 설공침에게 들어가 저승 이야기를 들려주는 내용이다. 조선 시대에 큰 인기를 끌었던 대중소설이었는데 중종은 이 책을 금서로 지정했다. 중종반정으로 왕위에 오른 중종과 반정反正에 공을 세운 신하들을 비판하고, 그 시대의 정치와 사회 유교 이념을 지적한다는 이유 때문이었다. 〈설공찬전〉이 금서로 지정되자 백성들은 더 이상 이 책을 읽을 수가 없었다. 그 후, 이 소설은 약 500년 동안 사람들 시야에서 완전히 사라졌다.

1996년 어느 고소설 연구가에게 《묵재일기》라는 고문서를 탈초해 달라는 의뢰가 들어왔다. 고문서를 들여다보던 연구가는 책에서 이상한 점을 발견했다. 반으로 접힌 한지 안쪽에 한글로 쓰여 있는 글을 발견한 것이다. 그는 조심스럽게 종이를 뜯어내 뒷면에 적힌 글을 읽었다. 글을 해독하던 그는 깜짝 놀랐다. 그 글은 바로 문헌에만 존재하던 〈설공찬전〉이었다. 고소설 연구가는 한 글자 한 글자 조심스럽게 복원했다. 하지만 일부가 지워졌거나 찢겨 소설 전체를 복원할 수는 없었다. 심지어 복원한 부분도 소설의 어느 부분인지 정확히 알 수 없었다.

〈설공찬전〉이 수록된 《조선 시대의 금서》는 인쇄소에 다니는 엄마가 가져다준 책이었다. 엄마가 다니는 인쇄소에서는 늘 파본이 나왔다. 파본의 형태는 다양했다. 같은 내용이 여러 장 겹친 것도 있었고, 아예 몇십 페이지가 백지상태로 되어 있는 것도 있었다. 표지가 찢어지거나 속지가 접힌 것도 있었다. 기수는 어려서부터 장난감 대신 파본을 가지고 놀았다. 그리고 어느 순간부터 그 책을 읽기 시작했다. 가벼운 에세이부터 어려운 인문학 책, 현대 작가들이 쓴 소설이나 시집까지 닥치는 대로 읽었다. 비록 파본이었지만 기수는 책이 서점에 깔리기 전 누구보다 가장 먼저 따끈따끈한 신간을 읽을 수 있었다. 똑같은 내용을 몇십 페이지 반복해서 읽거나 중간에 빠뜨린 채 읽어야 하는 경우가 많았지만 새 책을 읽는다는 설렘이 좋았다. 한겨울 아무도 걷지 않은 눈 덮인 길을 걷는 기분이었다.

그런데 엄마가 다니던 인쇄소가 몇 달 전 경영 악화로 폐업했다. 기수가 어렸을 때만 해도 밤샘 작업을 할 만큼 일이 많았지만 해마다 사정이 조금씩 나빠졌다. 인쇄 골목에 있는 인쇄소들이 하나둘씩 문을 닫았다. 그래도 엄마가 다니는 인쇄소는 꿋꿋이 버텼다. 그렇게 위태롭게 몇 년을 버텼지만 결국 올해 봄을 넘기지 못하고 문을 닫았다. 평생 인쇄 밥을 먹고산 인쇄소 사장님 수중에 남은 거라곤 고철이 되어 버린 인쇄기와 막대한 빚뿐이었다. 그래도 사장님은 20년 이상 동고동락했던 직원들 손을 일일이 잡아 주며 눈물을 흘렸다. 일자리를 잃은 직원들도 사장님과 함께 울었다.

엄마에게 남은 건 병든 몸뿐이었다. 윤전기가 돌아가는 시끄러운 공장에서 일하느라 가는귀가 먹었고, 먼지를 너무 많이 마셔 폐도 좋지 않았다. 무거운 종이를 옮기고 하루 종일 서서 일하느라 무릎도 좋지 않았다. 수술을 할 정도로 심한 디스크 판정까지 받았다. 그러나 몸의 병보다 더 심한 건 마음의 병이었다. 직장을 잃은 엄마는 의욕 상실에 우울증까지 겹쳐 매일 밥보다 많은 약을 삼키며 하루를 버텼다.

아버지는 엄마의 첫사랑이었고, 엄마가 가장 사랑했던 남자였다. 트럭 운전사였던 아버지와 인쇄소에 다니던 엄마는 남들이 부러워할 만큼 잉꼬부부였다. 그런데 어느 날 아버지가 지방에서 서울로 짐을 싣고 오는 도중 교통사고로 세상을 떠났다. 기수 나이 일곱 살 때였다.

아버지의 죽음은 할리우드 영화의 한 장면처럼 비현실적이었다. 옆자리에 잘 있던 핸드폰이 바닥으로 떨어졌고, 그때 마침 핸드폰이 울렸다. 몇 번이나 전화를 무시했는데도 핸드폰이 계속 울리자 아버지는 잠깐 안전벨트를 풀고 핸드폰을 줍기 위해 허리를 숙였다. 그 순간 트럭은 가드레일을 들이받았고, 아버지 몸은 꽃잎처럼 창밖으로 튕겨 나갔다. 그리고 뒤에서 전속력으로 달려오던 승용차가 아버지를 그대로 들이받았다. 아버지는 그 자리에서 즉사했다. 나중에 밝혀졌지만 그 시간에 온 전화는 보험을 권유하는 광고 전화였다.

아버지는 I동 토박이였다. 아버지가 태어났을 때 이곳은 시골 변두리였고, 강남 개발과는 거리가 먼 지역이었다. 훗날 강남구에 편입되면서 명색이 강남이 되었지만 오래전부터 이곳에 살던 사람들은 자신들을 강남 사람이 아니라 여전히 시골 변두리 사람이라고 생각했다.

기수가 태어났을 때도 이곳은 여전히 변두리였다. 오래전에 지은 다세대주택들이 사과 상자처럼 포개져 있고 그 사이로 좁은 골목길들이 미로처럼 얽혀 있는, 가난한 사람들이 모여 사는 곳. 기수가 사는 이곳도 방 두 칸짜리 다세대주택 2층이었다. 아버지가 죽기 전엔 이곳에서 네 식구가 함께 살았다. 하지만 형마저 지방에 있는 회사에 다니기 위해 집을 떠난 뒤, 지금은 엄마와 기수, 단둘이 살고 있다.

기수는 강남에서도 교육의 중심지인 D동에 있는 H고로 학급을 배정받았다. H고는 강남의 고급 아파트에 사는 아이들이 다니는 곳으로 전국에서도 부모들의 교육열이 높기로 소문난 곳이었다.

기수네 반에는 기수처럼 어쩌다 잘못 날아와 심어진 외래 식물들처럼 변두리에 살고 있는 아이들이 섞여 있었다. 변두리 동네 아이들은 기름과 물처럼 중심지 아이들과 섞이지 않았다.

기수가 다니는 H고는 빈부 격차에 따라 암묵적인 계급이 형성되어 있었다. 중심지에 사는 아이들이 귀족 계급에 속한다면 변두리에 사는 아이들은 주로 노예나 천민 계급에 속했다. 변두리에 사는 아이들은 아무리 공부를 잘하고 싸움을 잘해도 노예나 천민 계급을 벗어나지 못했다. 가끔 귀족 계급 아이들은 변두리 아이들을 진짜 노예처럼 부리기도 했다. 노예가 되면 주인을 위해 온갖 허드렛일을 해야 했으며, 때로는 부정을 저지르는 일에 동원되기도 했다.

물론 기수처럼 예외인 경우도 있었다. 기수는 가정환경은 천민에 가까웠지만 상위권인 성적과 누구도 함부로 할 수 없는 분위기로 인해 귀족 계급들도 감히 건드리지 못했다.

기수는 자기만의 확실한 세계가 있었다. 눈에 띄는 학생은 아니었지만 진지하고 성실한 학습 태도 때문에 교사들은 기수를 좋아했다. 그뿐만 아니라 같은 반 아이들에게도 은근히 인기가 많았다.

기수는 책과 노트북을 덮었다. 그리고 기지개를 크게 켜고 난 뒤에 책상 서랍을 열었다. 서랍에는 잡다한 용품들이 들어 있었다. 기수는 서랍 안쪽으로 손을 넣어 검은색 표지의 공책을 꺼냈다.

내 삶의 기록

— 문호민

2017년 3월 2일, 목요일

나는 이제 고등학생이 됐다. 내 앞날에 어떤 일들이 펼쳐질지 두근거리면서도 걱정된다. 이제부터 꼬박꼬박 내 삶의 하루하루를 적어 봐야겠다. 일기장에 이름도 붙여 줘야지. 뭐라고 할까? 나의 친친? 내 삶의 한 페이지? 비밀의 숲? 천천히 생각해 보기로 하자. 일단 오늘은 여기까지!

첫날 일기는 짧았다. 이번에는 마지막 장을 펼쳤다. 마지막 일기는 첫날보다 짧았다.

2018년 5월 5일, 토요일

살고 싶다.

미치도록 살고 싶다.

하지만 오늘 나는 죽을 것이다.

나는 죽어야만 한다.

그래야만 살 수 있다.

달필이라고는 할 수 없었지만 알아볼 수 없을 정도의 악필도 아니었다. 필체는 첫날 시작할 때부터 마지막 날 끝날 때까지 감정 변화 없이 똑같았다. 심지어 마지막 날, 마지막 줄에 쓴 '그래야만 살 수 있다.'라는 글씨도 감정의 동요가 전혀 느껴지지 않을 만큼 반듯했다.

2018년 5월 5일, 어린이날. 그날 무슨 일이 일어났는지 기수는 똑똑히 기억한다. 호민이가 죽은 날. 살고 싶다고, 미치도록 살고 싶다고 일기장에 적은 날, 호민은 스스로 죽었다. 일기장 이름도 짓지 못하고. 삶의 페이지를 다 채우지도 못하고. 죽었다.

기수는 일기장 위로 깊은 한숨을 내뱉었다. 미치도록 살고 싶다는 호민의 절규가 일기장 밖으로 새어 나와 방 안에 가득 차올랐다.

4

임꺽정은 봉사활동 확인서를 자세히 들여다보았다.

은빛사랑채. 4시간. 박잉걸.

3학년에 올라와서 박잉걸은 거의 매주 봉사활동 확인서를 제출했다. 대부분의 아이가 봉사활동에 별로 신경 쓰지 않았지만 유독 잉걸만은 봉사활동에 열심이었다. 박잉걸의 봉사활동 시간은 1학년 때 이미 40시간을 채웠고, 3학년이 된 지금은 총 125시간이나 됐다.

임꺽정은 잉걸의 생활기록부를 들여다보고 감탄했다.

'완벽해. 이보다 완벽할 수는 없어.'

박잉걸은 입학 이후부터 지금까지 교내 상을 모조리

휩쓸었다. 학급 임원이었을 때 받은 봉사상을 시작으로 미술 창작 작품 공모전, 어버이날 편지 쓰기 대회, 고교 연합 인문학 캠프, 문예 창작 대회 등 교내에서 실시한 대회에서 매번 빠짐없이 상을 받았다. 마치 공부뿐 아니라 예술적인 감성까지 갖고 있는 인재라는 것을 증명이라도 하듯.

비교과 수상 경력은 학생부 종합 전형에서 차지하는 비중이 큰 만큼 경쟁이 치열해 졸업할 때까지 상 하나라도 받기 위해 고군분투한다. 그러나 한 개도 못 받는 아이들이 허다했다. 그런데 박잉걸은 수상 기록을 적는 칸이 모자랄 정도로 상을 많이 받았다.

임꺽정은 볼펜으로 책상을 톡톡 두드렸다. 박잉걸 생활기록부는 최고의 입시 전문가가 정밀하게 만들어 놓은 작품 같았다.

"임꺽정. 뭘 그렇게 혼자 중얼거려?"

누군가 어깨를 툭 쳤다. 돌아보니 수학과 박 선생이었다. 박 선생은 임꺽정과 동갑으로 학교에서 가장 친하게 지내는 동료였다.

"그렇게 부르지 말랬지?"

"임꺽정을 임꺽정이라 부르지 못하면 임꺽정을 임걱

정이라 부르리?"

임꺽정 본명은 임기정이다. 그런데 어느 순간부터 학생들 사이에서 임기정이라는 본명 대신 임꺽정이라는 별명으로 불리게 되었다. 임기정은 그 별명이 마음에 들지 않았다. 임꺽정은 문학작품에서 표현된 생김새만 봐도 큰 키에 수염이 덥수룩한 인물이다. 게다가 아무리 의적이라지만 직업이 프로 도둑이다. 임기정 외모는 임꺽정과는 전혀 달랐다. 몸이 지나치게 왜소해서 평생 열등감을 안고 살아왔다. 임꺽정과는 거리가 멀어도 한참 멀었다. 하지만 지금은 누가 "임꺽정 선생님!" 하고 부르면 자기도 모르게 "왜?" 하고 대답할 만큼 그 별명에 익숙해져 버렸다.

"이상하지 않아?"

"뭐가?"

임꺽정은 컴퓨터 모니터 속의 박잉걸 생활기록부를 가리켰다.

"박잉걸 말이야. 생활기록부가 완벽해."

"그래서?"

"이게 가능하다고 생각해?"

박 선생이 별일 아니라는 듯 책상을 톡 치며 말했다.

"박잉걸 정도라면 가능하지, 뭐. 걔 누나는 이것보다 더 완벽했어."

박 선생은 몇 년 전 박잉걸 누나인 박인지의 담임을 맡았다. 박인지는 명문대에 입학해서 벌써 졸업반이었다. 임꺽정은 미심쩍은 얼굴로 말했다.

"박잉걸은 주말마다 과외를 받아. 그 바쁜 애가 3년 동안이나 꾸준히 외부 봉사를 했다는 게 말이 돼?"

박 선생이 시큰둥하게 말했다.

"말 되네, 뭐."

임꺽정은 박 선생 반응에 어이가 없었다. 박 선생이 임꺽정 책상 위에 놓여 있는 봉사활동 확인서를 손가락으로 툭툭 쳤다.

"여기 증거가 있잖아."

"누가 대신해 줄 수도 있잖아. 혹시……."

박 선생이 임꺽정 말을 재빨리 가로막았다.

"그만. 거기까지. 더 알려고 하지 마, 다쳐."

"박 선생, 뭐 알고 있는 거 있어?"

"내가 알긴 뭘 알아?"

박 선생이 당황한 얼굴로 주위를 두리번거렸다. 주위에 아무도 없는 것을 확인한 박 선생이 나지막한 목소리로 말했다.

“걘 역린이야. 건들지 않는 게 좋을 거야.”

박 선생은 자기 목을 손으로 치는 시늉을 하며 싱겁게 웃었다. 박 선생이 자기 자리로 돌아간 뒤에도 임꺽정은 박잉걸 생활기록부를 바라보며 생각에 잠겼다. 박잉걸이 이 학교에서 어느 선생도 감히 건드릴 수 없는 역린이라는 건 임꺽정도 잘 알고 있었다.

박잉걸 부모는 박인지가 입학했을 때부터 매년 거액의 학교 발전 기금을 기부하고 있다. 몇 년 동안 박잉걸 부모가 기부한 액수를 모두 더하면 억 단위가 넘어간다. 심지어 박잉걸이 입학했을 때는 학교 도서관 리모델링을 해 주었다. 박잉걸 어머니인 은 여사는 현재 학교 운영위원장도 맡고 있다. 이 지역의 학부모 대부분이 자녀 교육에 열성이었지만, 은 여사의 교육열은 혀를 내두를 정도였다.

‘역린이라.’

임꺽정은 마음이 무거웠다. 만약 누가 박잉걸을 대신해서 봉사활동을 한 거라면 그냥 넘어갈 문제는 아니었다. 지금까지 박잉걸의 봉사활동 확인서를 받을 때마다 의심하지 않았던 건 아니었다. 바쁘다는 핑계로 매번 그냥 넘어갔지만 시간이 지날수록 뭔가 알 수 없는 찜찜함이 마음 한구석에 계속 쌓여만 갔다.

임꺽정은 핸드폰을 꺼내 봉사활동 확인서에 적힌 은빛 사랑채로 전화를 걸었다. 원장이 전화를 받았다. 박잉걸이라는 학생이 매주 봉사활동을 가는 게 사실이냐는 임꺽정 물음에 원장은 입에 침이 마르도록 박잉걸을 칭찬했다. 그렇게 성실한 학생은 처음 본다, 봉사도 건성으로 하는 게 아니라 진심을 다해서 한다, 여기 어르신들도 잉걸이를 정말 좋아한다, 좋은 학생 보내 줘서 고맙다. 원장 말을 다 듣고 나서 임꺽정은 조심스럽게 말했다.

"박잉걸 학생은 학교에서도 모범생입니다. 밖에 나가면 대학생으로 보일 만큼 외모도 성숙하고요."

그 말에 원장이 잠깐 망설이는 듯싶더니 당황한 목소리로 말했다.

"네? 아, 네. 잉걸이가 몸집은 여려도 힘은 잘 쓰죠. 하하하."

몸집은 여려도? 분명 잉걸은 큰 키에 다부진 몸의 소유자다. 여리다는 표현은 잉걸과 결코 어울리지 않는다.

"원장님, 죄송하지만 부탁 하나만 들어주실 수 있겠습니까?"

"네, 선생님. 뭐든지 말씀만 하세요."

"혹시 잉걸이가 봉사활동 하는 사진 있으면 한 장만 보내 주실 수 있습니까? 학교 신문에 실어 줄까 해서요."

"네, 선생님. 얼마든지."

원장은 사진 한 장을 전송했다. 사진을 본 임꺽정은 깜짝 놀랐다. 할머니를 안고 있는 아이는 박잉걸이 아니라 김동욱이었다.

김동욱은 수업 시간에 그림을 그리는 것 빼고는 말썽 한번 일으키지 않은 평범한 아이다. 임꺽정은 김동욱 생활기록부를 클릭했다. 김동욱은 1학년부터 지금까지 봉사활동 시간이 한 시간도 없었다. 성적은 반에서 최하위권. 상벌은 전혀 없었다. 김동욱은 교사들 사이에서 관심의 사각지대에 놓여 있는 아이였다. 교사들은 눈에 띄는 아이들에게 더 많은 관심을 갖기 마련이었다.

교사들은 말했다.

"어차피 잘될 놈은 정해져 있어. 나머지는 들러리일 뿐."

교사들이 생각하는 '잘될 놈'은 집안이 좋아서 뒷바라지를 충분히 받을 수 있는 아이를 의미했다. 개천에서 용 난다는 말은 이제 역사박물관에 박제되어야 할 유물이었다. 요즘은 잘사는 집 아이들이 공부도 잘했다.

똑같은 사고를 쳐도 집이 부자이거나 부모가 영향력 있는 직업을 갖고 있으면 가벼운 훈계로 넘어갔지만 아이 집이 가난하거나 부모가 별 볼 일 없는 직업을 갖고 있으면 무거운 처벌을 받았다.

교사들은 아무리 애를 써도 들러리를 정상까지 데리고 갈 수 없다고 생각했기 때문에 잘될 놈을 선택했다. 임꺽정은 되도록 공정한 선생이 되려고 노력했다. 어렸을 때, 학생을 편애하던 교사들에게서 받았던 좋지 않은 기억 때문에 자신은 교사가 되면 모든 학생을 평등하게 대하겠다고 결심했다.

하지만 막상 교사가 되자 그때 결심은 사라졌다. 특별히 예쁜 아이가 있는 반면에 이유 없이 싫은 아이도 있었다. 김동욱은 임꺽정이 특별히 예뻐하지도, 싫어하지도 않는, 관심 밖 아이였다. 그런데 지금 김동욱은 어떤 형태로든 임꺽정의 관심 안으로 들어왔다. 임꺽정은 컴퓨터를 들여다보며 생각에 잠겼다.

'김동욱은 왜 박잉걸을 대신해서 봉사활동을 했을까?'

3학년 2반 교실은 조용했다. 임꺽정은 아이들을 둘러

보았다. 박잉걸은 1분단 중간에 앉아 있었고, 김동욱은 5분단 중간에 앉아 있었다. 박잉걸. 교사들이 좋아할 만한 조건을 완벽하게 갖추고 있지만 왠지 정이 안 가는 아이. 이번에는 김동욱에게로 시선을 옮겼다. 김동욱. 별 관심 없었지만 최근에 관심을 갖게 된 아이.

김동욱은 무슨 이유로 박잉걸을 대신해서 봉사활동을 해 주게 됐을까? 임꺽정은 아무리 생각해도 두 아이 사이에 있는 고리를 짐작할 수 없었다. 임꺽정은 수업을 하는 내내 두 아이가 신경 쓰였다. 그런데 이상한 점이 있었다. 박잉걸은 수업에 집중했지만 김동욱은 수업 시간 내내 불안한 눈빛이었고 산만했다. 고개를 숙였다 들었다 하기도 하고, 이리저리 돌리기도 했다. 그러다 어느 순간, 어느 한곳을 뚫어져라 쳐다보았다. 김동욱이 보고 있는 아이는 옆 분단에 앉은 윤지아였다. 윤지아가 일어나서 발표를 할 때는 김동욱 눈도 윤지아를 따라서 움직였다. 윤지아를 바라보는 김동욱 눈에는 여러 가지 감정이 담겨 있었다. 지난주 윤지아도 은빛사랑채에서 봉사활동을 했다. 저 둘은 또 무슨 관계일까?

수업이 끝날 때쯤 기수가 손을 들었다. 송기수. 이름만 들어도 신뢰가 가는 아이. 임꺽정 얼굴이 밝아졌다.

"송기수. 질문 있나?"

기수가 자리에서 일어났다.

"조선 시대에는 나라에서 금서로 정한 책이 많다고 하셨잖아요."

금서라니. 수업과 크게 관계없는 질문이었다. 임꺽정은 바짝 긴장했다.

"그렇지."

"〈홍길동전〉을 쓴 허균이나 〈설공찬전〉을 쓴 채수는 그 시대의 엘리트로, 얼마든지 부귀영화를 누리며 살 수 있는 위치에 있던 인물들이었다고 생각합니다. 그런데 왜 〈홍길동전〉이나 〈설공찬전〉 같은 글을 썼을까요?"

다른 아이들은 문법이나 고문古文 등을 달달 외운다. '왜?'라는 질문은 절대 하지 않는다. 시험을 위해 무조건 외울 뿐이다. 그러나 기수는 달랐다. 교과서 너머, 표층보다는 그 이면을 끊임없이 파고들어 진지한 고민과 성찰을 한다. 임꺽정은 진지하게 대답했다.

"조선 시대는 절대왕권 시대이자 유교 사상이 철저하게 뿌리 깊던 시대였지. 지금처럼 표현의 자유가 있던 시대도 아니었다. 문학작품에서 정치 풍자를 할 수도 없었고, 남녀의 노골적인 사랑을 다룰 수도 없었지. 표현에

제약이 많은 시대였어. 그러나 그런 시대라고 해서 급진적인 사고나 자유로운 정신을 가진 사람이 없었을까? 오히려 억압된 사회였기 때문에 지식인들은 더 뜨거운 저항 의식을 갖고 있었을지도 모르지. 기수 말처럼 허균이나 채수는 그 시대에는 내로라하는 엘리트였다. 그들이 나라에서 금한 내용을 글로 쓴 데는 여러 가지 이유가 있을 거야. 금기된 것을 표현하고자 하는 욕망일 수도 있고, 부조리한 사회를 고발하려는 욕구의 발현일 수도 있지. 물론 소설로 세상을 바꿀 수 없다는 건 그들도 알았을 거다. 그럼에도 그들이 그런 소설을 쓸 수밖에 없었던 건 명예나 목숨보다 더 간절했던 창작욕뿐 아니라 글을 통해 사회나 시대를 바꾸고 싶은 정의감 때문이 아니었을까?"

다른 아이들은 임꺽정 말이 지루한지 딴짓을 했지만 기수는 진지한 표정으로 임꺽정 말에 귀를 기울였다.

"그럼 선생님은 문학이, 특히 소설이 세상을 바꿀 수도 있다고 생각하시나요?"

임꺽정은 확신에 찬 표정으로 빠르게 대답했다.

"난 있다고 믿는다. 지식인이나 작가는 세상의 부조리를 외면해서는 안 된다고 생각해. 비록 지식인 한 사람의 힘은 미약하겠지만 그의 생각이 들불처럼 퍼져 수십만 혹은 수백만 명의 민중을 움직이게 할 수 있는 힘이 된다고 믿는다."

그때 박잉걸이 손을 번쩍 들었다. 임꺽정은 박잉걸 쪽으로 시선을 돌렸다.

"박잉걸. 할 말 있나?"

박잉걸이 확신에 찬 목소리로 말했다.

"저는 선생님 의견에 반대합니다. 민중이 한 사람의 절대 권력자를 끌어내렸다고 하더라도 과연 그게 끝일까요? 권력의 몸통은 여전히 살아 있지 않나요? 권력은 한 개인이 아니라 집단입니다. 민중은 권력 집단까지 바꿀 수 없습니다. 한 개인이, 특히 문학으로 정의를 바로 세우겠다는 생각은 한마디로 달걀로 바위 치기입니다."

임꺽정이 얼굴을 살짝 찡그렸다.

"그래도 불의를 참지 못하고 어떤 방식으로든 저항한 사람들이 있었기 때문에 오늘날까지 역사가 진보해 온 거 아니겠니? 또 시대의 문학을 우리가 읽을 수도 있는 거고. 인간의 삶이란 건 유한할지 몰라도 그 속에 흐르는 정의감이나 저항 의식은 문학을 통해 몇백 년이 지나서도 이어져 내려오고 있는 거지. 그게 바로 문학의 힘이기도 하고. 권력이란 것도 마찬가지야. 영원한 절대 권력은 없어. 결국은 민중이나 역사 앞에서 힘을 잃게 되는 날이 오겠지. 나쁜 권력은 언젠가 심판을 받게 되어 있다."

박잉걸이 비웃는 얼굴로 물었다.

"선생님은 우리 역사가 진보해 왔다고 생각하십니까?"

임꺽정이 대답하기도 전에 기수가 다시 손을 들었다. 그때 수업이 끝나는 종이 울렸다. 금세 교실 안이 소란스러워졌다. 임꺽정은 교과서를 덮었다.

"이 문제로 다음 시간에 더 심도 있는 토론을 해 보도록 하자. 김동욱은 잠깐 교무실로 내려오고."

졸고 있던 김동욱이 깜짝 놀라 고개를 들었다.

임꺽정은 자신이 좋은 선생이라고 생각한 적은 없었지만 좋은 선생이 되려 노력하는 선생이라고 생각한 적은 있었다. 좋은 선생이 되기 위해 학기 초에 아이들 한 명 한 명의 신상을 알아 두었다. 김동욱 신상도 컴퓨터에서 출력하듯 자동으로 떠올랐다.

"아버지는 아직도 병원에 계시니?"

동욱 아버지는 알코올중독을 치료받느라 병원에 있었

다. 학기 초에 김동욱과 면담을 하면서 알게 된 내용이었다. 동욱은 고개를 숙인 채 고개만 끄덕였다.

"어머니는 건강하시고?"

동욱 어머니는 식당 일을 해서 간신히 생계를 이끌어가고 있다. 이 역시 면담을 통해 알게 된 사실이었다. 동욱은 건성으로 대답했다.

"네."

"학교에서 생활하는 데 어려운 건 없니?"

"네."

동욱은 하나의 대답만 입력되어 있는 로봇처럼 자동적으로 "네."라고 대답하며 어서 빨리 끝내라는 듯 엉덩이를 들썩였다. 마침내 임꺽정이 물었다.

"봉사활동 확인서를 정리하다 이상한 걸 발견했는데 말이다."

동욱은 눈을 잠깐 치떴지만 이내 아래로 깔았다.

"네가 박잉걸 대신 봉사활동을 다녔던데. 맞니?"

"네."라는 대답만 입력되어 있는 로봇의 입에서 "아닌데요."라는 대답이 흘러나왔다. 임꺽정은 지난주 잉걸이 제출한 봉사활동 확인서를 내밀었다. 동욱은 감정 변화가 없는 무심한 눈으로 확인서를 내려다보았다.

"전 여기 안 갔는데요."

"은빛사랑채 원장님한테 확인해 봤는데 널 박잉걸로 알고 계시던데?"

"안 갔어요."

"지금 원장님한테 영상통화 해서 확인해 볼까?"

"마음대로 하세요."

동욱은 주먹을 꽉 쥐었다. 임꺽정은 핸드폰을 꺼내 원장이 보내 준 사진을 찾아 동욱 앞에 내밀었다.

"원장님이 이걸 보내 주셨다."

동욱 얼굴이 굳어졌지만 여전히 표정에는 변화가 없었다. 마치 언젠가 이런 날이 올 거라고 예상한 것처럼.

"선생님."

"그래. 사실대로 말해."

"부탁이에요. 저한테 조금만 시간을 주세요."

"왜?"

"나중에 다 말씀드릴게요."

"언제?"

동욱은 또 입을 다물었다. 임꺽정은 더는 동욱을 다그칠 수가 없었다. 자백하려고 하는 죄인의 목을 조일 필요는 없으니까. 마침 쉬는 시간이 끝나는 종이 울렸다.

"좋아. 무슨 사정이 있는지 모르겠지만 선생님은 네가 진실을 말해 줬으면 해. 이건 보통 문제가 아니거든. 어쨌든 일단 올라가 봐라."

5

토요일 오후, 쇼핑몰 안은 사람들로 붐볐다. 잉걸과 지아는 쇼핑몰로 들어와 곧장 귀금속 코너로 걸어갔다. 잉걸은 푸른색이 도는 고급 리넨 셔츠와 투르릴리전 청바지를 입고 있었고, 지아는 웨이브를 살짝 넣은 풍성한 머리에 짧은 아이보리색 원피스를 입고 그에 어울리는 흰색 단화를 신고 있었다.

지아의 발걸음은 옷차림만큼이나 가벼웠다.

가게 진열장에는 작고 반짝이는 액세서리들이 가득했다. 지아는 설레는 표정으로 진열장을 들여다보았다.

"저 팔찌 예쁘지?"

지아가 작은 하트 장식으로 연결된 팔찌를 가리켰다. 잉걸은 건성으로 대답했다.

"저걸로 할래?"

지아는 다시 곰곰이 생각해 보더니 그 옆에 있는 목걸이를 가리켰다.

"아니. 저 목걸이가 더 예쁜 것 같아. 아, 어떡하지? 팔찌도 예쁘고, 목걸이도 예쁘고."

"그럼 다 사."

지아가 활짝 웃으며 잉걸을 바라보았다. 잉걸이 무표정한 얼굴로 고개를 끄덕였다. 지아는 다시 한번 팔찌와 목걸이를 번갈아 보다가 결심한 듯 말했다.

"아냐. 하나만 고를래."

지아는 점원에게 목걸이를 꺼내 달라고 부탁했다. 실처럼 가느다란 줄에 작고 귀여운 하트 모양 보석이 달린 18k 목걸이였다.

"마음에 들어?"

지아가 고개를 끄덕였다. 잉걸이 지갑에서 신용카드를 꺼내 점원에게 내밀었다. 지아는 황홀한 눈빛으로 목걸이를 들여다보았다. 잉걸은 목걸이를 지아 목에 채워 주었다. 목덜미에 잉걸의 손끝이 스치자 지아는 팔뚝에 소름이 돋았다. 잉걸은 지아 목걸이를 흘깃 보고는 앞장서서 걸었다. 지아는 종종걸음으로 잉걸 뒤를 따라갔다.

두 사람은 쇼핑몰을 나와 강남역 쪽으로 걸어갔다. 패션 잡지에서 금방 튀어나온 것 같은 옷차림의 젊은 사람들이 강남역 주변 거리를 물결처럼 흘러 다녔다. 밝고 경쾌한 음악과 예쁜 물건들로 가득한 상점에서는 밝고 따스한 불빛이 쏟아져 나왔다.

지아는 꿈을 꾸고 있는 것 같았다. 잉걸과 함께 이 거리를 걷고 있다는 게 도무지 믿어지지 않았다. 팔뚝에 돋은 소름은 초여름인데도 사그라들지 않았다.

입학식 날이었다. 교장 선생님의 지루한 훈화가 이어졌다. 지아는 핸드폰을 들여다보다가 실수로 떨어뜨렸다. 그때 옆에 앉아 있던 남학생이 핸드폰을 주웠다. 남학생은 핸드폰을 지아에게 주려다 말고 뒤에 붙어 있는 무민 스티커를 유심히 들여다보았다. 지아가 손을 내밀자 남학생이 핸드폰을 건네주며 중얼거렸다.

"나도 무민 좋아하는데."

남학생 손이 지아 손을 살짝 스쳤다. 갑자기 손가락이 감전된 것처럼 찌릿했다. 무민을 좋아한다는 공통점 때문인지 아니면 남학생의 외모 때문인지, 그것도 아니면 살짝 스친 손가락의 감촉 때문인지 지아는 입학식 내내 남학생이 신경 쓰였다. 입학식이 끝날 때쯤 지아는 살짝 옆을 봤다. 가슴에 명찰이 붙어 있었다. 박잉걸. 이름이 특이하네, 하고 생각했다.

입학식이 끝나자 아이들이 모래알처럼 흩어졌다. 지아는 넓은 강당에서 잉걸을 찾았지만 어디에도 없었다. 1학년 때는 불행하게도 잉걸과 같은 반이 아니었다. 지아는 잉걸 눈에 띄기 위해 모든 소지품에 무민 스티커를 붙였고, 가방과 핸드폰에도 무민 액세서리를 달았다. 급식소나 복도, 운동장에서 잉걸을 보면 최대한 가까이 다가갔다. 그렇게 잉걸 주위를 위성처럼 맴돌았다. 하지만 잉걸은 단 한 번도 지아에게 눈길을 주지 않았다. 잉걸에게는 네 명의 남자아이가 늘 껌딱지처럼 붙어 있었다.

지아는 세상에 있는 모든 방법을 다 써서 잉걸을 잊어보려고 했다. 남자 친구를 사귀어 보기도 했고, 여자애들이 잉걸을 흉보면 같이 욕을 했다. 하지만 돌아보면 어느새 눈으로 잉걸을 찾고 있었다. 그렇게 3학년이 되었다.

잉걸이 곽미진과 헤어졌다는 소문이 교내에 파다하게 퍼졌다. 어떤 이유로 헤어졌는지 알 수 없었지만 두 사람은 학교에서 마주쳐도 쿨하게 "안녕!" 하며 인사를 나누는 사이로 돌아갔다. 지아는 이번이 어쩌면 잉걸과 사귈

수 있는 마지막 기회일지도 모른다고 생각했다. 지아는 적극적으로 잉걸에게 다가가기로 결심했다. 잉걸에 관한 정보라면 뭐든지 수집하는 일부터 시작했다. 잉걸이 친구들과 가끔씩 가는 공원, 좋아하는 음식, 이상형, 즐겨 듣는 음악과 좋아하는 향수까지.

하지만 거기까지는 누구든지 얻을 수 있는 정보였다. 고급 정보가 필요했다. 5반에 소문난 마당발, 줄여서 '소마'라는 별명을 갖고 있는 여자아이가 있었다. 소마는 모르는 게 없었다. 전교생의 신상 데이터베이스를 갖고 있다는 소문이 났을 정도였다. 소마는 주로 돈을 받고 고급 정보를 팔았다.

지아는 소마를 찾아가 박잉걸에 관한 모든 정보를 샀다. 그 정보 중 놀랄 만한 정보가 있었다. 김동욱이 박잉걸을 대신해서 주말마다 은빛사랑채라는 곳에서 봉사활동을 한다는 내용이었다. 지아는 믿을 수 없었다. 고민 끝에 김동욱에게 확인해 봤다. 김동욱은 은빛사랑채에 봉사활동을 다닌다고 말했다. 지아는 직접 눈으로 확인해 봐야 믿을 수 있을 것 같았다. 그래서 동욱에게 은빛사랑채에 데리고 가 달라고 부탁했다. 봉사활동이 끝나고 동욱이 원장에게서 받은 확인서에 적힌 이름을 유심히 봤다. 분명히 '박잉걸'이라고 적혀 있었다. 소마의 정보는 정확했다.

집으로 오는 동안 지아는 혼란스러웠다. 만약 어떤 대가를 주고 박잉걸이 김동욱에게 봉사활동을 시킨 거라면? 그렇다면 박잉걸은 정말 나쁜 인간이다. 아니, 이건 범죄행위다. 지아는 스스로에게 질문했다. '만약 그게 사실이라고 해도 잉걸이를 계속 좋아할 수 있겠니?' 하지만 곧 '아니, 잉걸이가 뭐가 아쉬워서 봉사활동을 대신 시켰겠어? 무슨 사정이 있었겠지. 아니면 무슨 착오가 있었거나.'라는 생각이 들었다. 머릿속이 복잡해졌다.

지아는 고민 끝에 핸드폰을 꺼내 연락처에서 박잉걸을 검색했다.

— 박잉걸 밤늦게 미안한데. 물어볼 게…….

문자를 입력하다 지워 버렸다.

— 나 윤지아라고 해. 잠깐 문자 할 시간 있니?

하지만 이번에도 전송을 누르지 못하고 지워 버렸다.

— 윤지아야. 물어볼 게 있어.

전송 버튼을 누를 용기가 도저히 나지 않았다. 손가락뿐 아니라 온몸이 떨렸다. 그게 왜 궁금하냐고 잉걸한테 면박이라도 당하면 할 말이 없었다. 손에 휴대폰을 쥔 채 한참을 망설이던 지아는 엉겁결에 보내기 버튼을 눌렀다. 보내기? 지아는 기절할 것처럼 놀랐다. 문자가 전송되자 지아는 침대에서 벌떡 일어났다. 안 돼. 안 돼. 제발 가지 마. 지아는 입 밖으로 터져 나오는 비명을 손으로 틀어막았다. 하지만 이미 문자는 보내졌고, 1분도 안 돼서 답장이 왔다.

— 뭔데?

지아는 흥분을 가까스로 억누르고 답장을 보냈다.

— 내일 학교에서 잠깐 보면 좋겠는데.

빛의 속도로 답장이 왔다.

— 학교 말고 밖에서 볼래? 토요일 어때?

지아는 두 눈을 의심했다. 학교 밖에서 보자는 게 무슨 의미인지 한참을 생각했다. 하지만 어떤 예상도 할 수가 없었다. 복잡한 마음과는 다르게 손가락이 차분하게 문자를 보냈다.

— 좋아.

지아는 잉걸을 만나기로 한 날이 다가올수록 정신을 차릴 수가 없었다. 어떤 옷을 입고 갈지, 화장은 어떻게 해야 할지, 어떤 표정을 지어야 하며 어떤 대화를 나누어야 할지, 수십 가지 경우의 수를 생각하고 상상 속에서 실행했다. 심장이 터질 것처럼 벅차다가도 한순간 얼음처럼 싸늘해졌다. 긴 시간 동안 깊이 잉걸을 짝사랑했는데 이제 그 짝사랑의 종착역에 가까워지고 있는 것이었다. 짝사랑이 이루어지든 그대로 짝사랑으로 남든, 어떤 식으로든지 토요일엔 이 지루한 감정의 끝이 보일 거라는 예감만은 분명했다.

사복을 입은 채 카페에 앉아 있는 잉걸의 모습은 모델 같았다. 감히 앞에 앉기가 미안할 정도였다. 지아는 떨리는 마음으로 겨우 잉걸 앞에 앉았지만 얼굴을 똑바로 볼 수가 없었다. 불이 붙은 것처럼 온몸이 뜨거워서 금방이라도 활활 타 버릴 것만 같았다. 지아를 찬찬히 훑어보던 잉걸이 갑자기 소리쳤다.

"아, 무민!"

무민이라는 말에 지아는 고개를 번쩍 들었다.

"기억나?"

"입학식에서 내 옆자리에 앉았지?"

"응."

"무민 스티커, 그게 너였구나."

"응."

"아직도 무민 좋아하니?"

지아는 대답 대신 핸드폰에 붙어 있는 무민 스티커와 가방에 달려 있는 무민 인형, 다이어리로 쓰는 무민 노트를 차례로 보여 주었다. 잉걸은 놀란 눈으로 무민 캐릭터를 하나하나 살펴봤다. 잉걸은 어렸을 때 무민에 빠졌던 적이 있었다고 했다. 무민이 태어난 곳에 가 보고 싶어 부모님을 졸라 핀란드 여행까지 했다고 말했다. 무민 시리즈의 작가인 토베 얀손에 대한 이야기도 했다. 지아는 잉걸 이야기에 빨려 들어갔다.

"윤지아."

잉걸이 갑자기 지아 이름을 불렀다. 지아는 턱을 괴고 잉걸 이야기를 듣다 깜짝 놀랐다. 잉걸 입에서 자신의 이름이 나오리라고는 상상도 못했다.

"응? 왜?"

"물어보고 싶은 게 뭐야?"

"응?"

"나한테 물어볼 말이 있다며?"

그제야 지아는 정신이 번쩍 들었다. 은빛사랑채에 왜 너 대신 김동욱이 갔는지 알고 싶다고 말하려 했다. 하지만 이렇게 잉걸과 다정하게 마주 앉아 있는 상황에선 물어볼 수가 없었다. 생각해 보니 딱히 궁금하지도 않았다. 그렇다고 난 단지 너와 대화를 나누고 싶었을 뿐이야, 라고 고백할 수도 없었다. 지아가 아무 말도 못하고 우물쭈물하고 있는 사이 잉걸이 물었다.

"혹시 나한테 관심 있니?"

지아는 너무 놀라 자기도 모르게 소리쳤다.

"응. 응? 아니? 뭐?"

"얼굴 빨개졌네."

잉걸이 갑자기 큰 소리로 웃었다. 너무 큰 소리로 웃어서 지아도 따라 웃음이 났다. 한참 웃고 난 잉걸이 진지한 얼굴로 말했다.

"사실 가끔 입학식 날 내 옆자리에 앉아 있던 애가 생각났어. 첫인상이 무척 좋았거든. 꼭 한번 다시 만나고 싶었는데 찾지 못했어. 근데 그게 바로 너였다니. 등잔 밑이 어두웠네."

지아는 이미 제정신이 아니었다. 입이 마음과 다르게 제멋대로 움직였다.

"그걸 지금 알았단 말이야? 난."

잉걸이 지아 말을 가로막았다.

"미안."

잉걸이 손을 내밀었다. 지아는 재빨리 손을 잡았다. 지아는 혼이 반쯤 나간 얼굴로 잉걸 손을 내려다보았다. 잉걸은 카페 밖으로 나와서도 지아 손을 놓지 않았다. 지아는 잉걸이 이끄는 대로 갔다. 사과의 의미로 목걸이를 사주겠다며 쇼핑몰로 들어갈 때까지 자신에게 일어나고 있는 현실을 믿을 수 없었다.

목걸이를 고르고, 잉걸이 목걸이를 목에 채워 주고, 함께 손을 잡고 걷고 있는 게 기적 같았다. 이렇게 자연스럽게 사귀는 건가? 다들 이렇게 사귀나? 그런 생각을 하자 머릿속이 간질간질해졌다.

두 사람은 손을 꼭 잡고 네온사인이 가득한 밤거리를 걸었다. 강남역 사거리에서 역삼동 쪽으로 걸어가고 있을 때, 잉걸이 걸음을 멈췄다. 잉걸은 길 건너에 있는 빌딩을 가리켰다. 'LC타워'라고 적힌 간판이 은은한 빛을 내뿜고 있는 건물이었다.

"저 건물에 내 오피스텔이 있는데 두 시간 뒤에 저기서 과외를 받기로 했어. 그동안 좀 들어가서 쉴까?"

지아는 아직 섹스 경험이 없지만 성에 관해서 그리 보수적인 편은 아니었다. 아니, 오히려 개방적인 편에 속했다. 섹스는 사랑을 표현하는 몸의 대화라고 늘 생각해 왔다. 남자 친구를 사귀게 되면 섹스까지 연결될 거라고 미리 마음의 준비를 단단히 하고 있던 터였다. 그런데 막상 잉걸에게서 오피스텔에 가자는 제안을 받게 되자 잠시 당황했다. 그게 무슨 의미인지 알 것 같았다.

오늘 처음 만났는데, 이건 조금 빠르지 않나? 하고 생각하다가도 만약 거절하면 잉걸과 만남이 오늘로써 처음이자 마지막이 될지도 모른다는 생각이 들었다. 잉걸이 무섭도록 차분한 어조로 말했다.

"싫으면 안 가도 돼."

지아가 당황한 얼굴로 말했다.

"아냐, 가."

6

3학년 교실에는 느슨한 이완과 팽팽한 긴장이 공존했다. 수시를 준비하는 아이들은 마지막을 위해 최선을 다했고, 그 열기는 내신을 포기한 아이들이 내뿜는 방만한 공기를 압도할 만큼 강했다.

이때쯤 되면 대부분의 아이가 크고 작은 질환에 시달렸다. 변비나 소화불량부터 디스크, 두통, 탈모에 가벼운 우울증까지.

오랜 짝사랑이 이루어진 지아는 하루아침에 모든 질환이 치료되는 기적을 경험했다. 지아를 늘 괴롭히던 두통마저도 잉걸과 만난 다음 날 깨끗이 사라졌다.

지아는 하루 종일 잉걸과 붙어 다녔다. 쉬는 시간에는 함께 교실을 나갔고, 수업 시작종이 울리면 함께 들어왔다. 점심시간이 되면 함께 밥을 먹으러 식당에 내려갔고, 수업이 끝나면 함께 교문을 나섰다. 두 사람은 어디서나 손을 꼭 잡고 있었고, 심지어는 거의 한 몸처럼 포개져 있기까지 했다. 잉걸은 아이들이 있는 교실에서도 지아 목덜미를 어루만지거나 뺨에 가벼운 키스를 했다. 누가 봐도 사귀는 사이였다.

아이들은 두 사람의 연애에 무관심했다. 가끔 교실이나 복도에서 키스까지 하는 커플도 있었기에 가벼운 스킨십 정도에는 누구도 관심을 갖지 않았다. 하지만 동욱은 달랐다. 두 사람을 보는 일이 동욱에게는 끔찍한 고통이었다. 동욱 얼굴은 빛을 잃었고, 눈빛은 공허해졌다. 지아 눈에 행복이 차오를수록 동욱 눈에는 절망이 가득 차올랐다. 동욱은 상실감과 이젠 어찌할 수 없다는 자포자기가 섞인 복잡한 심정으로 하루하루를 버텼다. 밥맛도 없었고, 잠도 오지 않았다.

동욱은 지아와 함께 봉사활동을 다녀온 후, 몇 번이나 고백하려고 했다. 그러나 그때마다 망설였다. 당연히 거절당할 거라고 생각했기 때문에 선뜻 용기가 나지 않았다. 그러나 이젠 망설일 기회마저 사라지고 말았다. 이제 동욱에게는 아무런 희망이 없었다.

수업이 끝나는 종이 울리자 몇몇 아이가 밖으로 나갔다. 동욱은 지아 자리를 쳐다보았다. 잉걸은 공부를 하고 있었고, 지아는 혼자서 밖으로 나가는 중이었다. 동욱은 가방에서 둘둘 말린 종이를 꺼내 들고 재빨리 지아를 따라 나갔다. 지아가 계단 아래로 뛰어 내려가자 동욱은 멀찍이서 지아를 따라갔다. 지아가 교무실로 들어가자 동욱은 교무실 밖에서 지아를 기다렸다. 지아는 1분도 지나지 않아서 나왔다. 동욱을 본 지아가 아는 체를 했다.

"안녕."

동욱은 어설프게 손을 들었다.

"어, 안녕."

"담임 만나러 왔어?"

"아니."

"그래? 그럼 볼일 봐."

지아가 가볍게 손을 흔들며 돌아섰다.

"저기, 할 말이 있는데."

"나한테?"

"잠깐이면 돼."

동욱이 주차장으로 통하는 뒷문 쪽으로 걸어갔다. 지아가 어깨를 으쓱해 보이며 동욱을 따라갔다. 주차장에는 아무도 없었다. 동욱은 크게 심호흡을 했지만 그래도 꽉 막힌 가슴은 뚫리지 않았다. 동욱은 손에 들고 있던 둘둘 말린 종이를 내려다보았다.

"그거 뭐야?"

동욱은 한숨을 내쉬었다. 종이는 지아 초상화였다. 어젯밤을 꼬박 새워 마지막으로 그렸다. 제아가 아닌 지아를. 이제는 제아를, 지아를 보내 줘야겠다고 다짐하면서.

동욱은 그림을 지아에게 내밀었다.

"선물이야."

"선물?"

지아가 맞물린 부분에 붙어 있는 스티커를 떼려고 했다. 동욱이 말했다.

"집에 가서 봐."

"이게 뭔데?"

"너한테 주고 싶었어. 더는 묻지 말아 줘."

"일단 접수. 아무튼 고맙다."

둘 사이에 어색한 분위기가 흘렀다. 동욱이 망설이다가 물었다.

"이번 주 토요일에 은빛사랑채 갈 건데."

지아가 동욱을 빤히 바라보며 말했다.

"나 이제 봉사활동 안 해. 점수 다 채웠거든."

동욱 얼굴에 실망한 빛이 역력했다. 지아가 마침 생각났다는 듯이 말했다.

"참, 동욱아. 부탁이 있어."

"뭔데?"

지아가 주위를 두리번거리더니 작은 목소리로 말했다.

"잉걸이 대신 봉사활동 하는 거 아무한테도 말하지 말아 줘."

동욱은 눈앞이 흐릿해졌다. 다리에 힘이 풀려 곧 쓰러질 것 같았다.

"잉걸이가 다치는 거 싫어."

동욱이 겨우 물었다.

"박잉걸 좋아하니?"

"좋아하니까 사귀지."

"언제부터였어?"

"내가 박잉걸 좋아한 거? 아니면 우리 둘이 사귀기 시작한 거?"

"둘 다."

"좋아한 건 입학식 날부터. 내 옆자리에 앉아 있었거든. 걜 처음 본 순간 뭐랄까, 우리는 만나게 될 운명이라는 느낌이 왔어. 사귀기 시작한 건 얼마 안 돼. 진짜 운명이란 게 있긴 있나 봐. 신기하지?"

동욱은 슬픈 눈으로 지아를 바라보았다. 나도 마찬가지였어. 그날, 나도 널 처음 본 순간 그렇게 느꼈어. 하지만 동욱은 아무 말도 하지 못했다.

"정말 고마워. 나중에 맛있는 거 사 줄게."

종이 울리자 지아가 교실로 달려갔다. 동욱은 멀어지는 지아 뒷모습을 멍하니 보고만 있었다.

동욱은 담임 눈을 피했다. 수업 시간에도 되도록 눈을 마주치지 않으려고 고개를 숙였다. 맹수에게 쫓겨 벼랑 쪽으로 도망치는 기분이었다. 벼랑에 다다르면 맹수에게 물리든 벼랑 아래로 뛰어내리든 선택을 해야 한다.

국어 수업이 끝난 뒤, 임꺽정이 동욱을 불렀다. 동욱은 임꺽정을 따라 교무실로 내려갔다. 임꺽정은 더는 기다릴 시간이 없다면서 박잉걸을 대신해 봉사활동 한 걸 인정하라고 다그쳤다.

"내 임의대로 이 문제를 처리할 수도 있어. 하지만 네가 솔직하게 인정하고 처분을 받는 게 순서라고 생각해. 왜 박잉걸을 대신해서 봉사활동을 했니?"

동욱은 단호하게 대답했다.

"전 박잉걸 대신 봉사활동 하지 않았습니다."

"뭐라고?"

임꺽정은 하마터면 소리를 버럭 지를 뻔했다. 얼마 전까지만 해도 사실대로 말할 테니 시간을 달라고 했는데, 이제 와서 혐의를 전면 부인하다니. 임꺽정은 치솟는 화를 겨우 꾹꾹 눌러 참고 다시 물었다.

"명백한 증거가 있는데?"

"전 그런 적 없습니다."

"김동욱."

"전 봉사활동 한 적 없습니다."

임꺽정은 기가 막혔다. 거짓말을 하고 있다고는 믿어지지 않을 만큼 확신에 찬 표정이었다. 동욱과는 더 이상 말이 통하지 않았다. 이번에는 박잉걸을 불렀다. 박잉걸은 자기가 왜 이런 곳에 불려 와야 하는지 영문을 모르겠다는 표정으로 상담실로 들어왔다.

임꺽정은 그동안 모아 놓은 박잉걸의 봉사활동 확인서와 은빛사랑채 원장과 나눈 문자 내용, 원장이 보내 준 사진을 보여 주었다. 박잉걸은 말없이 임꺽정이 내미는 증거들을 보고 있었다. 임꺽정은 되도록 차분하게, 하지만 잉걸이 절대 빠져나갈 수 없도록 이 상황을 설명했다. 임꺽정 말을 다 듣고 난 잉걸이 말했다.

"어떻게 된 건지 전 모릅니다."

임꺽정은 어이가 없었다.

"네가 봉사활동을 안 한 건 맞지?"

"네."

임꺽정은 몇 가지 더 물었지만 잉걸은 자신은 아무것도 모른다고만 했다. 더 물어봤자 나올 대답은 뻔했다. 임꺽정은 취조를 끝낸 형사처럼 수첩을 덮었다.

"그럼 어머니께 여쭤보면 되겠구나. 그만 나가 봐라."

임꺽정의 고민은 깊어졌다. 김동욱이 박잉걸 대신 봉사활동을 한 것은 명백한 사실이었다. 증거도 이 정도면 충분했다. 그런데 본인들은 모두 부인하고 있다. 김동욱이 꾸준히 박잉걸 대신 봉사활동을 한 걸로 미루어 보아 다른 선생들 역시 이 사실을 알고 있었을 것이다. 지금까지 아무 문제가 되지 않았다는 건 그들이 이 사실을 은폐했거나 알고도 모른 척 넘어갔기 때문일 테지. 박 선생 말처럼 박잉걸은 역린이다. 건드려서 좋을 게 없다. 그렇다고 알고 있는 사실을 모른 척할 수도 없었다. 임꺽정은 깊은 고민 끝에 이 일을 학생부에 보고하기로 결심했다.

7

1교시가 끝난 뒤 지아가 교실 바닥에 쪼그려 앉아 뭔가를 찾고 있었다. 동욱은 지아에게 더 이상 신경 쓰지 않겠다고 수백 번, 수천 번 다짐했다. 하지만 교실에 들어오면 눈은 어느새 지아 자리에 가 있었다. 지아가 움직이는 동선을 따라 시선이 움직였다. 어쩔 수 없었다.

동욱은 지아가 찾고 있는 것을 함께 찾아 주고 싶었지만 꾹꾹 눌러 참았다. 지아는 둘째 시간이 끝난 뒤에도 셋째, 넷째 시간이 끝난 뒤에도 온 교실을 돌아다니며 뭔가를 찾았다. 동욱은 지아와 잉걸을 유심히 지켜보았다. 사귀기 시작하고 나서부터 자석처럼 붙어 다녔던 두 사람이 오늘은 등교한 이후 같이 다니지 않았다. 지아는 쉬는 시간마다 뭔가를 찾았고, 잉걸은 그런 지아를 못 본 척했다. 동욱은 두 사람 사이에 무슨 일이 생긴 게 분명하다고 생각했다.

수업이 끝난 뒤 교실에는 야자를 하는 아이들만 남았다. 지아는 책상 사이를 돌아다니며 여전히 바닥에서 뭔가를 찾고 있었다. 참다못한 동욱이 지아에게 다가갔다.

"뭐 하니?"

지아는 울 것 같은 얼굴로 동욱을 올려다보았다.

"뭘 좀 찾고 있어."

"내가 같이 찾아 줄까?"

결국 지아 눈에서 눈물이 뚝 떨어졌다.

"아니, 소용없어. 하루 종일 찾았지만 없어."

"뭔데?"

지아는 말없이 목덜미를 손바닥으로 감싸 쥐었다. 어제까지만 해도 지아 목에서 반짝이던 목걸이가 보이지 않았다.

"목걸이 잃어버렸어?"

지아가 고개를 끄덕였다.

"비싼 거야?"

"돈으로 따질 수 없을 만큼."

"선물받은 거니?"

"응."

"잉걸이가 사 줬구나."

지아가 울먹이는 목소리로 말했다.

"잉걸이가 목걸이 못 찾으면 우리 사이도 끝이랬어. 그건 우리 둘 사이에 징표 같은 거라서 징표가 사라지면 사랑도 사라진 거래."

동욱이 발끈해서 말했다.

"그게 말이 되냐?"

지아가 교실 앞쪽에서 공부하고 있는 아이들을 보며 입술에 손가락을 갖다 댔다.

"쉿!"

동욱은 한숨을 내쉬고 나지막한 목소리로 말했다.

"그 말을 믿어?"

"믿어. 잉걸이가 그렇다면 그런 거야."

동욱은 무슨 말을 하려다 말고 한숨을 다시 내쉬었다.

"나도 찾아볼게."

"고마워."

동욱은 쓰레기통을 엎어 놓고 쓰레기 속을 샅샅이 뒤졌다. 화분 밑을 살펴보기도 하고, 사물함 밑에 자를 넣어 훑기도 했다. 그러다 문득 반쯤 열린 지아 사물함을 들여다보았다.

“사물함 봤어?”

“이미 찾아봤어.”

지아는 포기한 듯 자기 자리로 가서 가방을 집어 들었다. 동욱은 사물함 문을 열었다. 사물함에는 교과서와 연습장, 필통이 가지런히 놓여 있었다. 동욱은 사물함에 있는 물건을 하나하나 꺼냈다. 혹시 지아가 보지 못한 공간에 우연히 목걸이가 들어 있을지도 모른다고 생각했다.

그런데 사물함 안쪽에서 둘둘 말린 종이가 보였다. 동욱은 종이를 꺼냈다. 얼마 전 지아에게 선물한 그림이었다. 그림은 처음 동욱이 준 그대로, 스티커가 전혀 뜯어지지 않은 상태였다. 동욱은 그림을 재빨리 옷 속에 숨겼다. 지아가 어깨를 늘어뜨린 채 동욱 앞으로 걸어왔다.

“잉걸이랑 끝났어. 나 이제 어떡해.”

지아는 두 손으로 얼굴을 감싸 쥐고 흐느꼈다.

동욱은 지아가 잃어버린 목걸이와 똑같은 것을 지아에게 사 주고 싶었다. 어른이라면, 부자였다면, 키만 컸다면, 잘생겼더라면, 공부를 좀 더 잘했더라면, 지아에게 무엇이든 다 해 줄 수 있을 텐데. 지아는 계속 울었다. 정작 울고 싶은 건 동욱 자신이었다.

8

나를 고발합니다.
나는 3학년 2반 박잉걸을 대신해서 봉사활동을 했습니다.

등교하던 아이들이 교문 앞에 서 있는 동욱을 보고 다가왔다. 동욱은 종이 박스에 '나를 고발합니다.'라고 적어 만든 피켓을 높이 들고 있었다. 동욱 주변에 서 있던 아이들이 웅성거렸다. 그때 교문 안으로 들어가던 차가 멈추더니 교감이 차에서 내렸다. 교감은 아이들을 밀치고 동욱 앞으로 성큼성큼 걸어왔다. 피켓을 읽은 교감이 험상궂은 얼굴로 물었다.

"이게 뭐 하는 짓이야? 너, 몇 학년, 몇 반이야?"

"……."

동욱은 두 눈을 부릅뜨고만 있을 뿐 아무 말도 하지 않았다. 화가 난 교감이 동욱이 들고 있는 피켓을 빼앗으려고 했다. 동욱은 피켓을 빼앗기지 않으려고 이리저리 팔을 움직였다. 그러는 동안 점점 더 많은 아이가 몰려들었다. 교감은 피켓 뺏는 것을 포기하곤 아이들을 교문 안으로 들여보내기 시작했다.

학생부장이 달려왔다. 학생부장은 동욱에게 거친 욕설을 퍼부으며 지금 당장 교실로 들어가지 않으면 가만두지 않겠다고 윽박질렀다. 동욱은 피켓을 높이 쳐든 채 꿈짝도 하지 않았다. 학생부 선생 두 명이 동욱의 양쪽 겨드랑이에 손을 넣고 번쩍 들어 올렸다. 질질 끌려가던 동욱은 두 손으로 교문 쇠창살을 꽉 잡고 버텼다. 이야기를 전해 들은 임꺽정이 교문 앞으로 달려왔다. 학생부장이 신경질 가득한 말투로 물었다.

"이 학생, 선생님 반이죠?"

"네, 그렇습니다만."

"일단 데리고 들어가세요."

학생부 선생들은 구경하고 있던 아이들을 소몰이하듯 교문 안으로 몰고 들어갔다. 동욱은 여전히 피켓을 들고 서 있었다. 등교 시간이 끝날 때쯤 동욱은 들고 있던 피켓을 내렸다. 임꺽정은 동욱을 데리고 상담실로 향했다. 동욱은 순순히 임꺽정을 따라왔다. 상담실에서 임꺽정과 마주 앉은 동욱은 모든 것을 자백했다. 생을 포기한 사람처럼 담담하게.

동욱이 잉걸을 대신해서 봉사활동을 하기 시작한 건 임꺽정 예상대로 1학년 때부터였다. 어느 날, 학교 앞으로 한 중년 여자가 찾아왔다고 했다.

"엄청나게 부티 나는 아줌마가 절 부르더라고요. 기사가 딸린 고급 외제차를 타고 왔어요."

그 여자는 자기 아들이 이 학교에 다닌다면서 동욱에게 한 가지 제안을 했다. 자기 아들을 대신해서 봉사활동을 해 주면 한 번 갈 때마다 10만 원씩을 주겠다는 것이었다. 여자는 동욱이 고민하고 있을 틈도 없이 계속 말했다. 들킬 일은 절대 없을 거야. 설사 들켰다고 해도 내가 다 알아서 처리할 테니까 넌 걱정할 거 없어. 절대로 너에게 피해 가지 않도록 내가 알아서 할게. 동욱은 여자가 대단한 사람이라고 생각했다.

봉사활동은 학교에서 요구하는 형식적인 점수만 채워도 입시에 지장이 없었다. 하지만 한곳을 오랫동안 다녔다면 입시에 유리하다. 같은 점수라면 봉사활동 점수가 월등히 높은 사람을 뽑는 학교도 있었고, 봉사활동 점수만으로 입학이 가능한 학교도 있었다.

처음에 동욱은 말도 안 된다고 생각했지만 여자의 말에 점점 빨려 들어갔다. 일주일에 한 번씩만 봉사활동을 해도 한 주에 10만 원. 한 달이면 적어도 40만 원. 동욱에게는 꽤 많은 돈이었다. 여자는 더 달콤한 제안을 했다. 만약 자기 아들이 원하는 학교에 들어가면 보너스로 백만 원을 주겠다는 제안을. 여자는 자기 아들이 초등학교 때부터 검사가 꿈이었다고, 검사가 돼서 가난하고 힘없는 사람들을 위해 봉사하겠다는데 우리가 도와줘야 하지 않겠냐면서 무릎이라도 꿇을 것처럼 애원했다. 저렇게 부티 나는 아줌마가 애절하게 부탁하는데, 거기다 아들이 검사가 돼서 가난하고 힘없는 사람들을 위해 봉사하겠다는데……. 동욱은 마음이 흔들렸다.

하지만 대리 봉사활동은 불법이다. 정의로운 검사가 되겠다며 왜 굳이 이런 위험을 무릅쓰며 봉사활동 점수를 따려고 하는지 이해할 수가 없었다. 여자는 그런 동욱의 생각을 읽은 듯 다시 말을 꺼냈다. 유비무환이라는 말 알지? 그럴 리는 없겠지만 만에 하나 서울대를 떨어지면 다른 대학에 들어가야 하잖니. 그때 혹시 필요할지도 몰라서 그래.

동욱은 이런 대단한 엄마를 둔 아들이 궁금했다. 나중에서야 그 아들이 박잉걸이라는 사실을 알고는 고개를 끄덕였다.

동욱은 여자가 일러 준 은빛사랑채라는 곳으로 봉사활동을 하러 갔다. 처음에는 아르바이트라고 생각하고 봉사를 했지만 할머니 할아버지들을 돌보면서 그 일을 좋아하게 됐다. 좋아하게 된 이유는 단순했다. 지금까지 자기 자신이 쓸모없는 존재라고 생각했는데, 은빛사랑채에서 처음으로 자신을 쓸모 있는 존재라고 느꼈기 때문이었다. 노인들에게 남아도는 힘을 나누어 주는 것도 즐거웠다.

동욱 말을 다 듣고 난 임꺽정은 한숨을 내쉬었다.

"그런데 왜 이제 와서 이런 식으로 폭로한 거니? 그냥 나한테 말해도 되잖아. 난 네가 말해 주길 기다렸는데."

동욱이 지금까지와는 다르게 단호한 어조로 말했다.

"그래야 전교생이 알 거니까요."

"왜 전교생이 다 알아야 하는데?"

동욱이 임꺽정을 빤히 바라보았다. 임꺽정은 동욱의

마음을 읽을 수가 없었다. 비웃는 것 같기도 하고, 의심하는 것 같기도 했다.

"선생님한테 말하면 덮을 거잖아요."

당돌한 동욱의 말에 임꺽정은 화가 났지만 지금은 화를 낼 때가 아니라는 생각에 참았다.

"왜 그렇게 생각하니?"

동욱이 이번에는 노골적으로 입가에 비웃음을 지었다.

"다 그런 거 아니에요? 돈과 백이 있는데 못 덮을 게 뭐 있어요?"

인내심에 한계를 느낀 임꺽정이 소리쳤다.

"김동욱, 너 이 자식 못하는 말이 없구나."

동욱은 태연하게 말했다.

"왜요? 제가 틀린 말을 했나요? 선생님도 결국 한패잖아요."

그때 수업 시작을 알리는 종이 울렸다. 임꺽정은 수업에 들어갈 기분이 아니었다. 임꺽정은 종소리가 끝날 때까지 기다렸다가 감정을 억누르고 동욱에게 물었다.

"네가 원하는 게 뭐냐?"

"박잉걸이 죽었으면 좋겠어요."

"뭐?"

"그 자식이 세상에서 완전히 사라졌으면 좋겠다고요."

동욱은 주먹을 부르르 떨었다. 동욱 눈은 살의가 가득했고, 무슨 짓을 저지를 것처럼 상태가 불안정해 보였다.

아침부터 교실 분위기는 어수선했다. 아이들은 여기저기 모여서 김동욱의 '나를 고발합니다' 사건을 두고 수군거렸다. 박잉걸은 평소와 다름없었다. 교실에 들어와 귀에 이어폰을 꽂은 채 책을 들여다보고 있을 뿐 주위의 수군거림에는 전혀 신경 쓰지 않았다. 아이들은 동욱의 빈자리와 잉걸을 번갈아 보며 봉사활동을 대신한 행위가 과연 입시에 어떤 영향을 끼칠 것인가, 하는 문제로 진지하고도 열띤 토론을 벌였다.

반응은 여러 가지였다. 대리 봉사활동은 시험지 누출에 비하면 별거 아니라는 의견과 그래도 부정행위를 저질렀으므로 진상 조사를 철저히 해서 관련자들을 처벌해야 한다는 의견이 대부분이었다. 반면에 김동욱이 거짓말을 하고 있을지도 모른다는 의견도 있었고, 김동욱을 전적으로 응원하면서 우리 모두가 연대해 어쩌면 더 있을지도 모를 비리를 파헤쳐야 한다는 소수 의견도 있었다. 찻잔 속의 태풍처럼 교실 안에선 다양한 의견이 상충

되기도 하고, 겉돌기도 하고, 가라앉기도 했다. 그 가운데 유독 당사자인 박잉걸만이 침묵을 지켰다.

소란은 시간이 지날수록 조금씩 잦아들었다. 그리고 마침내 오전 수업이 끝날 때쯤엔 '나를 고발합니다' 사건은 교실에서 완전히 잊힌 듯했다. 아이들은 그런 일에 신경을 쓸 만큼 여유롭지 못했다. 한 글자라도 더 머릿속에 넣기 위해 책과 싸워야 했고, 복잡하기만 한 수시 모집 요강과 싸워야 했고, 영원히 흐르지 않을 것만 같은 고3의 지겨운 시간과도 싸워야 했다.

오전 내내 상담실에 있던 동욱이 교실로 올라왔다. 몇몇 아이만 호기심 가득한 눈으로 동욱을 슬쩍 바라봤을 뿐 대부분의 아이는 동욱에게 사소한 눈길조차 주지 않았다. 동욱은 책상 위에 놓여 있는 메모지를 발견하고 집어 들었다.

— 12시 30분. 주차장에서 봐. 지아.

주차장에는 차들이 빼곡히 주차되어 있었다. 지아는 주차장과 벽 사이 빈 공간에서 동욱을 기다리고 있었다. 동욱이 주위를 두리번거리고 있을 때, 차 뒤에서 지아가 손짓했다. 동욱은 차와 차 사이를 걸어 뒤쪽으로 갔다. 지아가 다짜고짜 물었다.

"왜 그랬어?"

동욱은 담담하게 대답했다.

"어쩔 수 없었어. 이미 담임한테는 걸린 상태였고."

"그렇다고 전교생 앞에서 폭로하는 건 아니지 않니? 내가 비밀 지켜 달라고 그렇게 부탁했는데."

동욱은 안타까워하는 눈빛으로 지아를 바라보았다.

"아직도 박잉걸 좋아하니?"

지아는 잠깐의 망설임도 없이 고개를 끄덕였다.

"목걸이만 찾으면 우리 다시 시작할 거야. 못 찾으면 똑같은 걸 사서라도 다시 만날 거야."

동욱은 안개 속에서 허우적대고 있는 기분이었다. 아무리 손을 휘저어도 잡히는 건 지독한 안개뿐. 동욱은 안타까운 심정으로 입을 열었다.

"한 가지만 물어볼게."

"뭐?"

"너한테 난 뭐야?"

지아가 어이없다는 표정으로 피식 웃었다.

"뭐긴 뭐야. 그냥 같은 반에 알고 지내는 사이지."

"그게 다야?"

"그럼 뭘 더 바라?"

동욱은 자포자기한 심정이 되었다.

"내가 하나만 말해 줄까?"

"뭔데?"

"여자애들한테 목걸이 사 주고 그걸 몰래 훔친 뒤에 그 핑계로 차 버리는 거, 박잉걸 수법이야."

"뭐?"

"그런 식으로 여자애들을 농락하고 버린 게 한두 번이 아니야."

"말 함부로 하지 마."

"정말이야."

"그걸 네가 어떻게 아는데?"

"남자애들은 다 알아."

"거짓말하지 마."

"지아야."

지아가 베일 것 같은 날카로운 눈빛으로 동욱을 노려보았다.

"내 이름 함부로 부르지 마. 너 같은 애한테 이름 불릴 만큼 나 그렇게 수준 낮은 사람 아니거든? 주제 파악을 해야지. 네가 나한테 어떤 감정을 갖고 있는지 내가 알 바 아니지만 적어도 잉걸이와 나 사이를 이간질하지는 말아야지."

동욱은 소용돌이치는 블랙홀 한가운데로 빨려 드는 기분이었다. 그 자리에 당장 주저앉고 싶을 만큼 피곤해졌다. 순식간에 모든 생각이 사라지고 아무것도 아닌 상태가 됐다.

지아가 계속 말했다.

"네가 날 좋아하는지 모르겠지만 만약 날 좋아한다면 오늘처럼 그런 병신 같은 짓은 하지 말았어야 했어. 그걸 말하려고 만나자고 한 거야. 이제 나한테 관심 끊어. 잉걸이도 건들지 마. 잉걸이가 잘못되면 난 죽을 때까지 널 저주할 거니까."

지아가 가 버린 뒤에도 동욱은 한동안 블랙홀 같은 혼란 속에서 빠져나오지 못했다.

임꺽정은 하루 종일 정신이 없었다. 교감은 오늘 아침에 일어났던 불미스러운 일에 관해 보고서를 작성하라고 지시했다. 임꺽정은 육하원칙에 의거해서 사건을 있는 그대로 적었다. 당사자인 김동욱과 박잉걸에게는 경위서를 쓰게 했다. 김동욱은 비교적 자세하게 썼지만 박잉걸은 자신은 모르는 일이라고 간단하게 썼다. 임꺽정은 보고서와 경위서를 학생부로 넘겼다.

임꺽정이 분주한 하루를 보내는 동안 본관 3층 화장실에선 폭력 사건이 일어났다. 6교시가 모두 끝난 후의 일이었다. 영혼이 없는 좀비처럼 교실에 앉아 있던 동욱은 수업이 끝나자 가방을 싸서 교실을 나왔다. 그런데 문 앞에서 갤럭시 멤버들이 동욱을 가로막았다. 갤럭시 멤버들은 학교에서도 유명한 아이들이라 동욱도 잘 알고 있었다. 잉걸은 없었고, 나머지 네 명의 멤버만이 동욱을 빤히 내려다보았다. 멤버 중 한 명인 진원이 동욱에게 따라오라는 표시로 손가락을 까딱거렸다. 동욱은 순순히 그들을 따라갔다. 동욱이 화장실로 들어오자 진원이 문을 안에서 잠갔다. 동욱은 아무 말도 못하고 출입문 쪽만 바라보았다. 도언이 진원에게 무언의 눈빛을 보냈다. 그러자 진원이 무릎으로 동욱의 배를 힘껏 걷어찼다. 동욱이 비명을 지르며 바닥에 쓰러졌다. 곧이어 도언이 바닥에 쓰러진 동욱을 축구공처럼 찼고, 뒤에 있던 서호가 동욱의 머리를 발로 짓이겼다. 동욱은 30분 이상 맞았다. 폭행을 하는 아이들은 아무 말도 하지 않았다. 동욱은 저

항할 수 없었다. 무차별로 폭행을 당했다. 동욱이 꼼짝도 하지 않자 비로소 발길질이 멈췄다. 도언이 쓰러져 있는 동욱의 머리맡에서 말했다.

"네가 더 이상 이 세상에서 살기 싫구나?"

서호가 동욱 얼굴에 침을 퉤 뱉었다.

"돈 없어서 빌빌거리는 거지새끼 도와줬더니 감히 주인을 물어? 그건 인간이 할 도리가 아니지."

동욱은 너무 졸렸다. 이대로 잠들어서 깨어나지 않았으면 좋겠다고 생각했다. 제발 나를 자게 해 줘. 애들한테 애원이라도 하고 싶었다. 진원이 동욱의 머리채를 잡아당겼다. 머리가 힘없이 올라갔다. 진원은 동욱 얼굴에 가까이 대고 말했다.

"이 사실을 누구한테 말하면 너 그날로 죽는다. 농담 아니야."

갤럭시 멤버들이 화장실에서 나간 뒤로도 동욱은 한동안 바닥에 누워 있었다. 축축한 액체가 코에서부터 뺨을 타고 바닥으로 흘러내렸다. 피였다. 피는 화장실 바닥 타일 사이를 붉게 물들이며 하수구로 빠져나갔다.

9

다음 날 학교 폭력 위원회가 열렸다. 학폭위에는 운영 위원들과 인근 지구대 경찰인 탁 경감, 교장과 학생부장, 담임, 당사자인 김동욱과 박잉걸, 두 학생의 부모가 참석하도록 되어 있었다. 학교 운영 위원장인 은 여사는 학부모 자격으로 참석했다. 김동욱의 부모는 오지 않았다. 임꺽정이 전화를 걸었을 때 동욱의 모친은 생업 때문에 갈 수 없다며 학교 처분에 따르겠다고 말했다.

김동욱은 눈 주위가 퉁퉁 붓고 입술이 터져서 피딱지가 앉은 얼굴로 나타났다. 임꺽정이 어떻게 된 거냐고, 솔직히 말해 보라고 다그쳤지만 김동욱은 한마디도 하지 않았다.

학생부장이 심문을 시작했다. 박잉걸은 여전히 자신은

모르는 일이라고 했다. 그러나 김동욱은 진술을 번복했다. 김동욱은 자기가 원해서 봉사활동 확인서에 박잉걸 이름을 적었다고 말해 임꺽정을 놀라게 했다. 동욱은 며칠 전과 전혀 다른 아이 같았다.

"모든 게 제가 저지른 일입니다. 본인에게 허락도 받지 않고 제가 그랬습니다."

학생부장이 동욱을 노려보았다.

"왜 그랬지?"

동욱은 망설이지 않고 대답했다.

"그냥 그렇게 하고 싶었습니다."

학생부장이 몇 가지 더 물었지만 김동욱은 더는 아무 대답도 하지 않고 고개만 푹 숙인 채로 있었다. 교장의 훈화가 이어졌다. 교장은 근엄한 얼굴로 이 일이 우리 학교 명예에 오점을 남겨 유감으로 생각한다, 학생으로서 해야 할 일과 하지 말아야 할 일이 있다, 우리 학교는 어떤 불법행위도 용납하지 않는다, 그것이 우리 학교의 순수성과 정통성을 지키는 길이며 선량한 학생들을 지키는 일이다, 라고 말했다.

임꺽정 얼굴이 점점 굳어졌다. 훈화가 끝난 뒤 학생부장이 일어났다. 학생부장은 최후 판결이라도 내리듯 엄한 목소리로 말했다.

"김동욱은 박잉걸 대신 봉사활동을 했습니다. 이는 명백히 학칙에 어긋나는 불법행위입니다. 물론 본인 스스로가 잘못을 반성하고 자백했지만 그렇다고 이미 지은 죄가 용서되는 것은 아닙니다. 박잉걸은 본인이 모르던 일이라 억울한 면도 있겠지만 어찌하였든 자신과 관련된 일이기 때문에 죄가 아주 없다고 할 수는 없습니다. 이에 학교 폭력 위원회에서는 김동욱 학생과 박잉걸 학생에게 다음과 같은 처벌을 내리겠습니다."

잉걸의 동공이 불안하게 흔들렸고, 동욱은 눈을 내리깐 채 미동도 없이 서 있었다. 학생부장이 잠시 헛기침을 하고 난 뒤 계속 말했다.

"김동욱 학생은 무기정학, 박잉걸 학생은 방과 후 교내 청소 3일 근신에 처합니다."

순간 회의실 안이 찬물을 끼얹은 듯 조용해졌다. 임꺽정이 소리쳤다.

"이건 부당한 처벌입니다. 제 보고서에는 이번 사건이 자세히 기록되어 있습니다. 김동욱은 박잉걸 모친에게서 매월 일정 금액의 돈을 받았고, 추후에 돈을 추가로 주겠다는 약속까지 받았습니다."

교장이 임꺽정을 노려보았다. 그때까지 조용히 듣고만 있던 은 여사가 임꺽정을 향해 감정을 최대한 억누른 듯한 말투로 말했다.

"증거 있어요? 내가 저 애한테 돈을 줬다는 증거가 있습니까? 저는 그런 적 없습니다. 사람을 모함하는 무고죄가 얼마나 무거운지 아세요?"

동욱이 고개를 들고 은 여사를 쳐다보았다. 은 여사는 동욱의 시선을 무시하고 임꺽정을 노려보았다. 학생부장은 회의가 끝났다고 말했다. 박잉걸은 은 여사와 함께 옅은 미소를 지으며 회의실을 빠져나갔다.

임꺽정은 어깨를 늘어뜨린 채 복도를 걸어가는 동욱을 따라갔다. 동욱은 현관에서 실내화를 운동화로 갈아 신고 운동장을 가로질러 갔다.

"동욱아."

임꺽정 목소리에 동욱이 걸음을 멈추고 돌아봤다. 얼굴이 퉁퉁 부어올라서 눈도 제대로 뜨기가 어려운 듯했다. 임꺽정은 동욱에게 다가갔다.

"나한테라도 솔직하게 말해 줄래?"

동욱이 임꺽정을 빤히 바라보았다.

"왜 네가 다 뒤집어쓴 거야? 넌 시켜서 한 죄밖에 없잖

아. 사실대로 전부 말했으면 처벌이 가벼워졌을 텐데. 더 싸웠어야지."

"선생님."

"그래, 말해."

동욱이 잠시 학교 건물을 쳐다보았다. 그리고 다시 임꺽정을 바라보았다.

"선생님은 저들과 싸워서 이길 수 있을 거 같으세요?"

"그래도 도전은 해 봐야지."

"그럼 선생님이나 잘 싸우세요."

동욱이 소름 끼치도록 싸늘한 얼굴로 돌아섰다. 그리고 곧장 교문 밖으로 나갔다.

2부

10

2학기가 시작되자 도서관 사서 은별은 몸이 열 개라도 모자랄 정도로 바빠졌다. 도서 카드도 정리해야 했고, 새로 들어온 책을 분류하는 작업도 해야 했다. 오늘 도착한 새 책이 책상 위에 가득 쌓여 있었다. 은별은 새로 들어온 책을 코에 가까이 들이대곤 깊게 숨을 들이마셨다. 새 책에서는 아직 마르지 않은 잉크 냄새가 났다.

'흠. 이 냄새 너무 좋아.'

은별이 H고에 막 전근을 왔을 때 마주한 도서관은 지금과 달랐다. H고는 이 근방에서 명문대 입학률이 높은 사립고로 유명했지만 도서관은 학교 명성과 어울리지 않게 초라했다. 책들은 대부분 오래됐고, 심지어 지금은 발행도 되지 않는, 문장이 세로로 나열된 문고판까지 있었다. 각종 기자재도 턱없이 부족했다. 학교 측에서는 예산이 부족하다는 이유로 도서관을 그대로 방치했다.

도서관에 새 생명을 불어넣어 준 건 잉걸의 부모였다. 은 여사는 잉걸이 입학하던 해, 도서관을 위해 써 달라며 거액을 기부했다. 그동안 학교에 기부하는 학부모들은 꽤 있었다. 적게는 10만 원에서 많게는 몇백만 원까지 그들은 형편이 닿는 대로 기부를 했다. 하지만 잉걸 부모처럼 한 번에 수천만 원을 기부하는 학부모는 없었다.

거액을 기부한 잉걸의 부모가 요구한 사항은 딱 하나였다. 도서관을 리모델링해 줄 것. 아이들에게 영혼의 양식이 되는 책을 마음껏 읽히고 싶다고 기부 이유를 밝혔다. 기부금 덕분에 도서관에 활기가 돌았다. 새 책을 구입했고, 컴퓨터와 오디오, DVD 플레이어 등 각종 기기도 들여놓았다. 칙칙했던 인테리어도 파스텔 톤으로 산뜻하게 꾸몄다. 도서관이 바뀌자 도서관을 찾는 학생도 늘어났다. 이용자가 늘어날수록 은별이 해야 할 일도 많아졌다. 도서부원들이 그런 은별에게 큰 힘이 되었다. 도서부원 중에서 은별이 가장 아끼는 아이는 기수였다. 기수는 1학년 때부터 은별이 '도서관 죽돌이'라고 부를 만큼 책을 좋아하는 아이였다. 1학년 때는 도서부원을 했고, 2학년 때는 도서부장을 맡았다. 3학년이 된 지금도 종종 도서관에 들를 정도로 도서관에 대한 애정이 남달랐다.

아이들이 도서관을 가장 많이 찾는 시간은 점심시간이었다. 은별은 일분일초라도 빨리 도서관 문을 열기 위해 다른 교사들보다 일찍 점심을 먹었다. 은별이 밥을 다 먹었을 때쯤 아이들과 교사들이 급식소로 들어왔다.

은별은 식사를 마치고 단숨에 도서관이 있는 4층까지 올라왔지만 벌써 몇몇 아이가 도서관 앞에 서 있었다. 요즘 들어 점심도 굶고 도서관을 찾는 아이들이 있었다. 은별은 서둘러 잠겨 있던 도서관 문을 열었다.

"미안. 많이 기다렸니?"

아이들은 은별이 문을 열자마자 경쟁이라도 하듯 안으로 뛰어 들어갔다. 은별은 쌓여 있는 신간에 청구 기호를 붙이는 작업을 시작했다. 도서관을 자주 찾는 아이들은 1학기에 대부분 낯을 익혔는데, 2학기에 들어 모르는 아이들이 많이 찾아왔다. 그리고 그런 아이들 중 대부분이 책을 빌리지 않고 빈손으로 돌아갔다.

점심시간이 끝나고 5교시 쉬는 시간에도 몇몇 아이가 도서관으로 들어와 곧장 문학작품 서가로 달려갔다. 서가를 몇 번이고 둘러보던 아이가 머리를 긁적였다. 은별이 아이에게 다가가 말을 건넸다.

"찾는 책이 없니?"

"네."

"소설이야?"

"소설이긴 한데요……."

"제목이 뭐야? 선생님이 구입할게."

"아니에요. 괜찮아요."

그 아이는 난감한 표정으로 양손을 흔들었다. 도서관 홈페이지에 읽고 싶은 책을 신청하는 게시판이 있었지만 그 게시판은 언제나 텅 비어 있었다. 은별은 도서관 안에 손 글씨를 써서 이용할 수 있는 '읽고 싶은 책' 알림판을 하나 만들어야겠다고 생각했다.

도서관을 찾는 아이들이 점점 더 늘어났다. 아니, 정확히 말하자면 '그 책'을 찾는 아이들이 늘어났다. 먼저 도착하면 경품이라도 받을 수 있을 것처럼 아이들은 경쟁적으로 서가 쪽으로 달려갔다. 하지만 모두 빈손으로 도서관을 나갔다. 은별은 아이들 행동을 도무지 이해할 수 없었다.

'아무래도 조사해 봐야겠어.'

은별은 쉬는 시간이 시작되기 전 아이들이 주로 몰리는 서가 너머 뒤쪽에 몰래 숨었다. 책으로 가려져 있어 보이지 않는 자리였다. 쉬는 시간이 되자마자 아이들이 몰려왔다. 은별은 숨을 죽였다. 말소리가 책장 너머에서 들려왔다.

"오늘도 없냐?"

"빌려 갔으면 바로 갖다 놓지. 벌써 며칠째냐?"

"갖다 놨는데 누가 이미 채 간 건지도 모르잖아."

"대출 기간은 단 하루. 다음 사람을 위해 양보할 것. 그게 규칙 아니었어?"

"번호표라도 받아야 되는 거 아니냐?"

분명히 뭔가 비밀이 있다. 그게 뭘까? 은별은 한때 열심히 읽었던 조르주 심농의 매그레 시리즈를 떠올렸다. 쥘 매그레는 셜록 홈스나 아르센 뤼팽, 필립 말로와 어깨를 나란히 해도 전혀 손색이 없는 소설 속 인물이었다. 매그레는 범인을 밝혀내는 것보다 그 사건 속에 숨겨져 있는 진실과 사건에 얽힌 인물들의 심리를 파헤치는 인간적인 탐정이었다.

은별은 한때 매그레 시리즈를 밤새워 가며 읽었다. 매그레를 너무 좋아한 나머지 탐정소설을 써 볼까 생각했던 적도 있었다. 은별의 마음속에 잠들어 있던 매그레 반장이 파이프에 불을 붙이며 느리게 기지개를 켰다.

11

지아는 며칠 전 이상한 문자를 받았다.

— 813.7-가65ㅇ

발신자 표시 제한으로 전송된 문자에는 도서관 청구 기호만 표시되어 있었다. 그 문자를 받은 사람은 지아만이 아니었다. 같은 반 아이들은 물론 다른 반 아이들까지 동일한 문자를 받았다. 누가 어떤 목적으로 보냈는지는 알 수 없었다. 아이들은 그 문자가 도서관 청구 기호라는 사실을 알고 도서관으로 갔지만 대부분 허탕을 치고 돌아왔다. 운 좋게 그 책을 읽었다는 아이들이 소문을 퍼뜨리기 시작했다.

— 전교생이 꼭 읽어야 할 필독서.

— 안 읽으면 평생 후회할 책.

— 노벨 문학상을 받아야 할 명저.

책을 빌리는 규칙에 대한 소문도 퍼졌다.

— 다음 사람을 위해 꼭 하루만 빌리고 제자리에 꽂아 둘 것.

— 책 내용을 누구에게도 발설하지 말 것.

— 특히 선생님들한테는 절대 비밀로 할 것.

쉬는 시간이나 점심시간에는 도저히 책을 손에 넣을 수 없으니 수업 시간에 몰래 가서 빌리라는 팁도 돌았다. 지아도 그 책에 대한 소문을 들어서 알고 있었지만 다른 아이들처럼 호들갑스럽게 도서관으로 달려갈 생각은 없었다.

지아는 하루하루가 지옥 같았다. 잉걸이 사 준 목걸이를 잃어버렸고, 그 때문에 잉걸이 떠났다. 지독한 죄책감과 실연의 상처는 여름방학 내내 지아를 괴롭혔다. 잉걸과 같은 공간에서 적어도 한 학기 동안 함께 생활해야 한다는 게 끔찍했다. 잉걸은 전 여자 친구들에게 그랬던 것처럼 지아와 교실에서 마주치면 아무렇지도 않게 "안녕!" 하고 손을 흔들었다. 지아는 그때마다 미칠 것 같은 기분이었다.

지아는 누구하고도 마주치지 않기 위해 고개를 푹 숙이고 다녔다. 친구들과 어울리지도 않았고, 그렇다고 공부를 열심히 하는 것도 아니었다. 어서 빨리 이번 학기가 끝나 이 끔찍한 지옥에서 탈출하고 싶은 마음뿐이었다.

핸드폰으로 문자가 또 왔다.

— 박잉걸이 어떤 인간인지 궁금하면 813.7-가65ㅇ

지아는 깜짝 놀라 주위를 둘러보았다. 아이들은 공부를 하거나 수다를 떨거나 엎드려 자고 있었다. 지아와 눈이 마주친 아이는 없었다. 수업 시작종이 울렸다. 지아는 교사가 들어오기 전 교실을 나와 곧장 도서관으로 갔다. 도서관에는 아무도 없었다. 지아는 서가에서 청구 기호 813.7-가65ㅇ을 찾았다. 책은 서가에 꽂혀 있었다. 지아는 책을 빼 들었다. 제목은 〈유령〉이었고, 글쓴이는 '가온'이었다.

무인 대출기에 대출증을 인식시키고 책을 대출기 위에 올려놓았다. 하지만 대출기 화면에는 아무런 문구도 뜨지 않았다. 지아는 책을 교복 속에 숨기고 조용히 도서관을 나왔다. 그러고는 교실로 돌아가지 않고 곧장 화장실로 들어가 문을 잠갔다. 변기 뚜껑을 내리고 그 위에 앉아 옷 속에 감췄던 책을 꺼냈다. 책은 손을 많이 타서 그런지 해져 있었다. 지아는 크게 심호흡을 한 뒤에 표지를 넘겼다.

〈유령〉을 읽는 지아 얼굴이 점점 굳어졌다. 수업이 끝나는 종이 울리고 아이들이 화장실 안으로 몰려 들어왔다. 지아는 계속 변기 위에 앉아 책을 읽었다. 쉬는 시간이 끝난 뒤에도 교실로 돌아가지 않았다. 책을 다 읽고 난 뒤에는 한참 동안 멍하니 앉아 있었다. 지아 눈에 서서히 눈물이 차오르더니 뺨을 타고 흘러내렸다.

지아는 마침내 소리 내서 엉엉, 울고 말았다.

임꺽정은 수업이 끝나고 며칠 전에 빌린 책을 반납하기 위해 도서관에 갔다. 은별은 임꺽정이 들어오는 것도 모르고 컴퓨터를 골똘히 들여다보고 있었다. 임꺽정은 반납할 책을 책상 위에 내려놓았다.

"아이, 깜짝이야."

그제야 은별이 임꺽정을 올려다보았다.

"뭘 그렇게 열심히 보세요? 사람이 온 줄도 모르고."

임꺽정은 평소 은별과 가깝게 지냈다. 아이들 사이에선 두 사람이 사귄다는 소문까지 돌 정도였다. 은별은 주위에 아무도 없는 것을 확인하곤 낮은 목소리로 물었다.

"선생님, 혹시 유령 보셨어요?"

"유령 말입니까?"

"네."

"아직 못 봤는데요."

"아, 그러시군요."

"보진 못했지만 꼭 보고 싶은 영화입니다. 요즘 박스오피스 1위라던데."

"영화 말고요."

"그럼 드라마? 아니면 새로 나온 아이돌 그룹 이름인가요?"

"아직 모르시는구나. 혹시 수업하면서 이상한 거 못 느끼셨어요?"

오늘 수업 시간에 있었던 일이다. 임꺽정이 들어가자

시끄럽던 교실이 갑자기 조용해졌다. 2반은 평소 쉬는 시간에도 조용했기에 임꺽정은 아까의 소란이 이상하다고 생각했다. 반 분위기도 다른 날하고 조금 달랐다. 이유를 설명할 순 없었지만 뭔가 달랐다. 자세히 보니 아이들 표정이 조금 들떠 있는 것 같았다. 임꺽정이 아이들에게 이 수상한 분위기의 정체는 뭐냐고 물었지만 아무도 대답하지 않았다. 반장에게 물어도 모른다고만 했다.

임꺽정은 더는 캐묻지 않았다. 아이들은 교사나 부모 앞에서 입이 제법 무겁다. 아무리 어른들이 캐내려고 해도 하지 않아야 할 말은 절대 하지 않는다. 그런데 수업이 끝날 때쯤 카톡 알람이 울렸다. 수업 시간에는 핸드폰을 꺼 놔야 하는데 누가 실수로 끄지 않은 것 같았다. 임꺽정은 핸드폰 주인을 불러 세웠다. 평소에 말썽도 일으키지 않고 착실한 준호였다. 다른 때 같았으면 주의만 주고 넘어갔을 텐데 심상치 않은 교실 분위기에 기분이 살짝 상한 상태라 핸드폰을 압수했다. 교무실로 내려와 압수한 핸드폰을 서랍에 넣는데 알람이 다시 울렸다. 이상하게 들떠 있던 교실 분위기가 생각나 카톡 내용을 슬쩍 훔쳐봤다. 유령 봤냐? 아직 안 봤다. 유령을 안 보다니 미개하군. 수업 완전 졸린데 지금 도서관에나 갈까? 뭐 그런 시시콜콜한 내용이었다. 별것도 아니구먼. 임꺽정은 피식 웃고 말았다.

임꺽정이 생각에 잠긴 표정으로 말했다.

"오늘 한 학생 핸드폰을 압수해서 봤는데, 대화에 유령 뭐 어쩌고 하던데요?"

은별이 서랍에서 얇은 책 한 권을 꺼내 임꺽정에게 보여 주었다.

"이게 바로 유령이에요."

"좀 차근차근 설명해 보세요. 선생님 말을 알아들을 수가 없습니다."

은별이 비어 있는 의자를 가리켰다. 임꺽정이 옆에 가서 앉자 은별이 진지한 얼굴로 말했다.

"이 도서관에 있는 책들은 모두 제가 컴퓨터에 등록해요. 등록되지 않은 책이 있다면 그건 제가 실수로 누락했거나, 아니면 누가 고의로 갖다 꽂아 놓은 거겠죠. 그런데 이 책이 소설 코너에 꽂혀 있었어요. 사실 이건 책이라고 할 수도 없을 만큼 조잡한 인쇄물이에요. 청구 기호도 컴퓨터에 입력되지 않은 엉터리고요. 그런데 아이들이 기를 쓰고 빌려 가려고 해요. 많은 학생이 벌써 읽었을 거예요."

임꺽정은 책을 훑어보았다. 은별 말대로 인쇄나 제본 상태가 조잡했다. 푸른 표지에 제목과 글쓴이만 달랑 적혀 있는 것도 이상했다. 은별이 계속 말했다.

"제 생각에 아이들이 일종의 게임을 하고 있는 거 같아요. 이 책을 복사할 수도 있는데 굳이 한 권으로 돌려 읽거든요. 이 책은 꼭 한 권만 존재해요. 전교생이 게임에서 희귀한 아이템 얻듯이 책을 구하려 하고요. 글쓴이나 독자나 스릴을 즐기고 있는 거 같아요."

임꺽정이 고개를 갸웃거렸다.

"그럼 누가 이런 놀이를 일부러 만들어 냈다는 말씀이신가요?"

은별이 은밀한 표정으로 말했다.

"더 놀라운 게 뭔지 아세요? 책 내용이 실화 같아요. 선생님도 한번 읽어 보세요."

임꺽정은 책을 펼쳤다.

12

〈유령〉

나는 유령이다. 내가 언제부터 유령이 됐는지는 모른다. 어쩌다가 유령이 됐는지도 모른다. 나는 그냥 '존재'하게 됐다.

사람이 죽으면 유령이 되고, 유령들은 대부분 '무無'로 돌아간다. 나처럼 무로 돌아가지 못하고 인간 주변을 맴도는 유령은 불행한 유령들이다. 그러니까 말하자면 나는 불행한 유령인 거다. 내가 무로 돌아가려면 귀인을 만나 도움을 받아야 한다. 그 귀인이 누군지는 아무도 모른다. 귀인은 어느 날 문득 우리 앞에 나타나 쥐도 새도 모르게 유령을 '무'의 세계로 보내 버리기 때문에 지금까지 귀인을 만났다는 유령은 없다. 그러니까 불행한 유령들 중에서 누가 사라지면 '아, 귀인을 만나서 무로 돌아갔나 보다.'

하고 생각하면 된다.

나는 벽도 통과하고, 물도 통과하고, 쇠도 통과한다. 내 몸은 공기였다가 바람이었다가 구름도 된다. 우리 유령들은 몸을 마음대로 만들 수도 있다. 독수리도 되고, 코끼리도 되고, 살모사도 된다. 어떤 유령은 지렁이를 너무 좋아한 나머지 무로 돌아갈 때까지 지렁이로 땅속에서 살았다고 한다.

나는 일곱 살짜리 예쁜 여자아이로 나를 만들었다. 내 눈동자는 크고 반짝반짝 빛난다. 뺨은 복숭아처럼 뽀얗고 탐스러우며 입술은 작고 새빨갛다. 난 내 생김새가 마음에 든다.

우리는 장난을 좋아한다. 바람도 불지 않는 날, 커튼이 흔들리고 있다면 우리가 한 짓이니 주위에 유령이 있는지 의심해 봐도 된다. 비 오는 날, 하늘에서 갑자기 개구리가 떨어지거나 양말 한 짝이 없어지거나 하는 것들도 우리 유령들 짓이다. 정신이 깜박깜박하는 것도 우리 유령의 장난이다. 인간의 기억을 유령이 훔쳐 가 버렸기 때문이다. 물론 그건 나 같은 초보자 말고 500년쯤 된 선배님들만 할 수 있는 기술이지만 말이다.

누군가 유령을 봤다고 말한다면 그는 거짓말을 하고 있거나 유령을 봤다고 착각하고 있는 거다. 유령의 이름을 걸고 맹세하건대 인간들은 유령을 볼 수 없다. 그러나 '불행한' 유령은 인간을 볼 수 있다. 그것이 인간과 유령 사이의 법칙이다.

한번은 양복을 말끔하게 차려입은 남자 두 명이 한 여자에게 하는 말을 들었다.

"영이 맑아 보입니다."

나는 깜짝 놀랐다. 영이 맑아 보인다니, 그럼 나도 보이나?

나는 젊은 여자 옆에 서서 두 남자를 보았다. 두 남자의 시선은 오직 여자에게만 가 있었다. 젊은 여자가 호기심에 찬 표정으로 물었다.

"정말 제 영이 맑아 보이나요?"

나는 손짓 발짓부터 눈에 띄는 동작은 전부 다 했다. 두 남자 앞에서 춤도 추고, 달리는 시늉도 하고, 심지어 때리는 시늉까지 해 보았다. 하지만 젊은 남자는 내가 거기 있다는 사실조차 알지 못했다. 그 대신 이런 헛소리 따위나 하고 있었다.

"정말입니다. 전생에 덕을 많이 쌓으신 게 분명합니다. 영이 아주 맑아요."

제발 나를 보고 말해. 내가 보여? 정말 보여? 나도 영이야. 그렇게 소리쳐도 두 남자는 나를 알아보지 못했다. 순 사기꾼!

나는 남학생 어깨에 올라타 어디든 다니는 걸 좋아한다. 주로 학교 앞에서 기다리고 있다가 교문을 나오는 남학생 중에 마음에 드는 애가 있으면 냉큼 어깨에 앉아 하루 종일 그 아이한테 붙어 다닌다. 물론 그 아이가 화장실에서 똥을 쌀 때는 밖에서 기다린다. 똥 냄새는 유령도 싫어한다. 샤워를 할 때는 몰래 훔쳐본다. 뽀송뽀송한 털이 나 있는 남자 몸을 보는 게 좋다. 나는 엉큼한 유령인가 보다.

오늘도 나는 학교 앞에서 수업이 끝나기를 기다렸다. 그런데 수업이 끝나지도 않은 시간에 한 남자아이가 걸어 나왔다. 그 아이는 아주 느리게 걸었는데, 얼굴이 어둡고 침울해 보였다.

학교에서 나온 그 아이는 둘둘 말린 종이를 가방에서 꺼냈다. 그러곤 종이를 펼치더니 한동안 뚫어져라 내려다보았다. 여자 그림이었다. 나는 그 아이가 하는 행동을 유심히 지켜보았다. 아무래도 이상했다. 그 아이는 종이를 찢기 시작했다. 반으로, 그 반을 또 반으로, 그 반에 반을 또 반으로. 계속 그렇게 찢었다. 안 찢어질 때까지 찢고 또 찢었다. 그러더니 찢은 종이를 가방에 넣고 걷기 시작했다. 아이는 걸으며 종잇조각들을 한 개씩 버렸다. 정말 이상한 행동이었다. 나는 그 아이 어깨에 날름 올라탔다. 그 아이는 곧장 횡단보도를 건넜다. 차가 달려오는데도 멈추지 않았다. 운전사가 창문을 열고 냅다 소리쳤다. 야, 이 개자식아! 죽고 싶어 환장했냐? 그 아이는 아주 슬픈 눈으로 운전사를 바라보았다. 정말로 죽고 싶은 눈빛이었다. 운전사는 그 아이의 표정을 보더니 슬그머니 창문을 올리고 그 아이가 횡단보도를 다 건너갈 때까지 기다려 주었다.

그 아이는 종잇조각을 눈처럼 뿌리며 여기저기 돌아다녔다. 마침내 한 조각의 종이도 안 남았을 때 피시방으로 들어갔다. 거기서 게임을 하고 나와선 그 위층에 있는 코인 노래방에 들어갔다. 천 원어치 노래를 한 뒤에는 노래방에서 나와 골목으로 들어가더니 가방에서 담배를 꺼내 불을 붙였다. 그때 맞은편 골목에서 한 할매가 걸어왔다. 할매는 눈이 쌓인 것처럼 머리가 온통 흰색이었고, 옥색 치마저고리를 입고 있었다. 눈이 부실 만큼 햇빛이 쏟아지는 한낮도 아닌데 작은 선글라스까지 끼고 있었다. 한복에 선글라스라니, 좀 웃겼다.

할매가 가까이 다가왔다. 할매는 그 아이를 흘깃 쳐다보았다.

"네 이놈."

나는 깜짝 놀랐다. 할매 목소리는 깡마른 몸과는 달리 쩌렁쩌렁했다. 그 아이가 재빨리 담배를 비벼 끄며 말했다.

"네?"

할매는 그 아이가 아니라 아이 어깨에 앉은 나를 가리켰다.

"너 말고 너!"

그 아이가 자기 왼쪽 어깨를 힐끔 보더니 오른쪽 어깨도 힐끔 보았다. 할매가 소리쳤다.

"거기가 어디라고 함부로 붙어 있는 거냐. 당장 그 아이한테서 떨어지지 못하겠느냐?"

할매가 선글라스를 머리 위로 올렸다. 그러자 할매 눈이 보였다. 눈은 매섭고 날카로웠다. 순간 그 아이는 몸에 벌레가 붙은 것처럼 몸을 심하게 흔들었다. 나는 공중으로 붕 떠올랐다.

할매가 공중에 있는 나에게 소리쳤다.

"이 못된 혼령아. 썩 너희들 세계로 돌아가지 못할까?"

나는 좀 억울하기도 하고, 좀 놀라기도 했다. 왜 나한테 못된 혼령이라고 소리치는지 모르겠다. 내가 무슨 짓을 했다고. 그런데 생각할수록 놀랍다. 지금까지 나를 알아본 인간은 한 명도 없었는데. 도대체 저 할매 정체가 뭐야?

아이는 슬슬 뒷걸음질을 치더니 그대로 도망갔다. 골목에는 할매와 나만 남았다. 할매는 정확히 나를 보고 있었다. 내가 위로 가면 할매 눈도 위로 올라왔고, 내가 아래로 가면 할매 눈도 아래로 따라왔다. 정말 귀신이 곡할 노릇이었다. 유령을 본다는 게 말이 되나?

나는 할매한테 물었다.

"내가 보여? 정말 보여?"

할매가 버럭 화를 냈다.

"보이니까 지금 이러지. 내가 거짓말하는 줄 알았냐?"

내가 인간하고 대화를 하다니. 신기하다. 나는 계속 물었다.

"할멈은 누구야?"

할매가 조금은 화가 누그러진 표정으로 말했다.

"그건 네가 알 거 없고, 어디 보자."

할매가 나한테 한 발 가까이 다가왔다. 나는 겁이 나서 뒤로 물러났다. 할매가 또 다가왔다. 나는 또 물러났다. 뒤를 보니 더 이상 물러날 곳이 없는 벽이었다. 벽을 뚫고 도망갈까? 그런 생각을 하고 있는데 할매가 나를 자세히 들여다보더니 말했다.

"에고, 쯧쯔. 억울하게 죽은 영혼일세."

나는 할매 말에 호기심이 발동했다. 억울하게 죽은 영혼이라고? 그럼 할매는 죽기 전의 내가 뭐였는지 안단 말이야? 어쩌면 할매가 죽기 전의 내 정체에 대해 알려 줄 유일한 인간일지도 모른다는 생각이 들었다. 일단 할매에게 아부를 떨기로 했다.

"할멈. 그 선글라스, 할멈한테 정말 잘 어울려."

손발이 오그라들 정도로 낯간지러운 내 아부에 할매는 콧방귀를 뀌었다.

"흥, 유령이 아부도 할 줄 아네."

할매 눈이 비록 무섭긴 해도 말투는 어딘지 모르게 귀여웠다.

"난 뭐였어? 어떻게 죽었어?"

한 번도 내가 어떻게 죽었는지 궁금하지 않았는데 할매 말을 듣고 비로소 궁금해졌다. 할매는 나를 빤히 보더니 머리 위에 걸

치고 있던 선글라스를 내려서 썼다. 작고 동그란 안경알이 유행에 한참 지난 촌스러운 선글라스였다.

"궁금해? 궁금하면 따라오든가. 지금 출장 갔다가 집에 돌아가는 길이야."

나는 재빨리 할매 어깨 위에 올라탔다. 할매가 소리쳤다.

"이런 버르장머리하고는. 감히 누구 어깨에 올라타? 당장 내려오지 못해?"

참 별스러운 노인네야. 내가 무게가 나가면 얼마나 나간다고. 공기보다 가벼운데. 나는 할 수 없이 할매 머리 위로 날아올랐다.

할매 집은 '꽃녀신당'이라는 간판이 걸린 곳이었다. 집 안으로 들어서기가 좀 껄끄러웠다. 우리 유령들이 정말 싫어하는 향내가 진동했고, 벽에는 두 눈을 왕방울처럼 부릅뜬 장군들 그림이 잔뜩 걸려 있었다. 내가 선뜻 안으로 들어가지 못하자 할매가 버럭 소리를 질렀다.

"들어올 거면 후딱 들어오고 안 들어올 거면 썩 꺼져!"

"아, 들어가요. 들어갑니다."

그 할매 성격 한번 고약하다. 기분 나쁜 방에 할매와 둘이 있으려니까 기분이 두 배로 나빠졌다. 자꾸 누가 나를 노려보는 것 같고, 금방이라도 누군가 튀어나와 나를 끌어낼 것만 같다. 할매는 방바닥에 철퍼덕 앉아 낑낑거리며 버선을 벗었다. 나는 할매 옆에 바싹 붙어 앉았다.

"할매, 무당이야?"

"무당을 아는 거 보면 똑똑한 혼령이로세."

"언제부터 무당이었어?"

할매가 버선 한 짝을 툭툭 털더니 구석으로 홱 던지고 나서 말했다.

"내 얘기하자면 스물네 권짜리 전집으로 써도 모자라지. 그놈의 미신박멸법 때문에 한때는 이 짓도 못할 뻔했다."

"미신박멸법? 그게 뭔데?"

할매가 나머지 버선 한 짝을 벗다 말고 말했다.

"때는 지금으로부터 50년 전. 장군이 우리나라를 다스리던 시기였을 때 일이다. 그때 조국 근대화라는 이름으로 전국에 있는 무당이란 무당들은 모조리 싹쓸이를 당했던 적이 있었지. 그들은 미신박멸법이라는 해괴망측한 법을 만들어 앞으로 이 나라에서 점쟁이나 무당 같은 미신은 완전 박멸하겠다고 선언했다."

"정말?"

"그때 나는 아주 잘나가는 무당이었지. 날 만나려면 대기표를 받아 놓고 기다려야 할 정도였다. 내 손님들 중에는 특히 정치인이 많았는데 선거철만 되면 집 앞에서 텐트를 쳐 놓고 밤새 차례를 기다리는 후보자 부인들도 있을 정도였지. 근데 어느 날, 군인들이 들이닥쳐서 신단을 다 때려 부수고는 날 잡아다 트럭에 태우고 어디론가 끌고 갔다. 트럭에는 나 같은 무당이 가득 타고 있었지. 트럭은 밤새 산길을 달려 어느 깊은 산으로 가더니 무당들을 모두 다 내려놓고 가 버렸다."

"저런."

"그때부터 우리의 고난은 시작됐지. 전국에 있는 우리 무당들은 하나로 뭉쳐 장군의 군대와 싸웠어. 데모도 하고, 불온서적도 읽고, 학습도 하면서 투쟁했다. 그럴수록 박해는 더욱 심해졌지. 우리 동료들 중 어떤 이는 잡혀가서 지하실에서 모진 고문을 당했고, 어떤 이는 쥐도 새도 모르게 사라졌고, 어떤 이는 어느 날 갑자기 미치광이가 돼서 나타났다. 영업하다 들키면 감옥에 들어가 종신형을 선고받아야 했지. 점쟁이나 무당은 물론 점을 보는 사람까지 처벌받았어. 나는 세상이 싫었다. 그래서 무당 짓을 때려치울까도 생각했지. 인간들이 아주 지긋지긋하게 싫어졌거든."

나는 유령이지만 인간 세상이 어떤지는 알고 있다. 지금은 장군도 없고, 독재도 사라졌다. 그렇다고 인간들이 좋은 세상에 살고 있는 것 같지는 않지만.

"그래서?"

할매는 한숨을 푹 내쉬고 나서 말했다.

"배운 짓이 이 짓뿐이라 때려치울 수도 없었다. 그때부터 무당이 될 거면 진짜 무당이 되리라 굳게 맹세하곤 열심히 기도를 드리고 공부했지."

"무당도 공부를 해야 돼?"

"공부도 안 하고 거저 얻어지는 게 있더냐?"

"근데 무당이 출장도 다녀? 아까 출장 갔다 오는 길이라며?"

"50년 된 단골이 지금 병원에 누워서 오늘내일하는데 언제 죽을지 봐 달라고 해서 봐 주고 오는 길이었다."

"언제 죽는데?"

"거 질문이 더럽게 많네. 잔말 말고 거기 아무 데나 누워 봐."

"어디?"

나는 방 안을 둘러보았다. 누울 자리를 봐 가며 다리를 뻗으랬는데, 방 안은 온통 잡동사니로 뒤덮여 있어 누울 자리가 없었다.

"근데 왜 누워?"

할매가 무뚝뚝한 표정으로 질문과 전혀 상관없는 말을 뱉었다.

"세상 천지에 그냥 생겨나는 게 있을 줄 알았더냐? 아무리 하찮은 풀 한 포기라도 꼭 이유가 있기 때문에 생겨나지. 네가 이승을 떠도는 걸 보면 분명코 어떤 이유가 있을 거다. 네 전생을 보면 그걸 알 수 있다."

전생? 죽기 전에 내가 누구였는지 알 수 있다는 말인가? 왜 이렇게 떨리지?

할매가 진지한 얼굴로 말했다.

“네 전생을 알고 나면 넌 무로 돌아갈 거다.”

나는 누워 있다가 벌떡 일어났다. 그렇다면 이 할매가 선배 유령들이 말한 귀인이라는 건가?

“할매가 귀인이야?”

“귀인? 그건 모르겠고 너처럼 이승을 떠도는 혼령들을 무로 돌아가게 하는 일은 몇 번 한 적이 있지.”

“할매야.”

나는 할매를 와락 안아 주고 싶었다. 내가 귀인을 만나다니. 이런 날이 나에게도 오고 말았구나. 그런데 왜 이렇게 슬프지?

나는 갈등했다.

“왜? 무로 돌아가고 싶지 않냐?”

“모르겠어.”

할매가 진지한 표정으로 나를 쳐다보았다.

“지금처럼 사는 게 좋으냐?”

“아니.”

지금처럼 인간들 주위에서 유령으로 사는 거, 솔직히 힘들다. 인간들에게 장난을 치고, 인간들에게 붙어서 살고 있지만 내가 얼마나 외로운지 인간들은 모른다. 나도 친구가 필요하다. 하지만 나는 혼자다. 내가 붙어 다니는 아이가 힘들어할 때 아이를 위로하고 싶지만 나는 최소한의 위로도 해 줄 수가 없다. 물론 나도 위로받을 수 없다.

불행한 유령이라는 건 바로 외로운 유령이란 뜻이다. 이 세상에서 혼자라는 것. 무로 돌아가지 않으면 영원히 혼자여야 한다는 것. 100년이 지나고, 200년이 지나고, 300년이 지나도 나는 혼자여야 한다는 것. 이건 끔찍한 형벌이다.

무로 돌아가면 외로움의 형벌도 끝이 나겠지. 선배들은 귀인을 만나는 게 하늘의 별을 따는 것만큼이나 힘들다고 했다. 한 번 귀인을 놓친 어떤 선배는 800년이 지난 뒤에야 겨우 귀인을 만나 무로 돌아갔다고 했다.

나는 고민했다. 외로움을 끝내고 무로 돌아갈 것이냐, 아니면 계속 불행한 유령으로 남아 있을 것이냐.

"할매."

"그래 말해."

"내 전생을 보여 줘."

"생각 잘했다."

할매가 두 손을 모으더니 눈을 감았다. 그러고는 입 속으로 중얼중얼 주문을 외우기 시작했다. 그게 무슨 소리인지는 도무지 알아들을 수가 없었다.

하지만 공기보다 가벼운 내 몸과 내 혼의 무게가 점점 더 가벼워지고 있다는 것이 느껴졌다. 내가 만들었던 세계들이 귀퉁이부터 조금씩 허물어지는 느낌, 내 것들이 하나씩 잘려 나가는 느낌, 뭔지는 모르겠지만 뭔가 달라지는 것만은 분명하게 느껴졌다.

할매 목소리가 아주 먼 곳에서 말하는 것처럼 희미하게 들려왔다.

"자, 이제 너의 의식은 네 최후의 순간으로 돌아간다. 너는 깊은 잠에 빠질 것이다. 내 목소리가 점점 멀어지면서 너는 마지막의 너와 만나게 될 것이다. 너는 아래로 내려가고 있다. 계속 아래로, 아래로, 아래로, 아래로, 점점 더 아래로."

할매 말이 아스라하게 멀어졌다. 내 의식은 점점 알 수 없는 깊이 속으로 빠져들었다. 어두운 동굴 같은 곳이었다. 할매 말은 아주 먼, 동굴의 끝에서 들리는 것처럼 웅얼거리는가 싶더니 금세 사라졌다.

나는 비닐봉지를 양손에 들고 오피스텔로 들어갔다. 비닐봉지에는 과자와 샴페인, 담배가 들어 있었다. 샴페인과 담배는 노숙자한테 천 원을 주고 부탁해서 샀다.

오늘은 걸의 생일로 1년 중 가장 기쁜 날이다. 마음껏 걸의 생일을 축하해 줘야지.

탁자에 생일상을 차렸다. 케이크에 초를 꽂고, 과자를 늘어놓고, 샴페인과 담배도 꺼냈다. 우리 '오성' 멤버는 모두 다섯 명이다. 윷놀이에서 이름을 따서 각자 예명도 지었다. 도, 개, 걸, 윷, 모. 내 이름은 개. 이름이 썩 마음에 들지는 않았지만 다른 멤버들이 이름을 다 가져가는 바람에 '개'만 남아 있었다. 나는 기꺼이 '개'를 내 이름으로 가져갔다. 죽음이 갈라놓기 전까지 우리는 함께할 것이다.

도가 샴페인이 든 종이컵을 쳐들었다.

"축하해!"

걸은 정말 멋진 녀석이다. 공부도 잘하고, 키도 크고, 얼굴도 잘생겼다. 심지어 성격도 좋다. 이렇게 완벽한 인간이라니! 하나님은 걸한테 모든 걸 다 몰아주셨다. 걸에 비하면 나는 보잘것없다. 집도 가난하고, 공부도 못하고, 거울을 볼 때마다 토하고 싶을 만큼 못생겼다. 걸 앞에서 나 자신은 한없이 초라해진다. 양반집 도련님 앞에 선 몸종 같다. 그래도 걸은 이런 나를 친구로 받아들여 주고, 모임에도 넣어 줬다. 걸에게 은혜를 어떻게 갚아야 할지 모르겠다. 고맙다, 걸!

생일 파티에는 걸의 여자 친구도 왔다. 대형 기획사의 연습생으로 발탁되었다는데, 나는 그렇게 예쁜 여자는 세상에서 처음 봤다. 뽀뽀해! 뽀뽀해! 우리는 걸과 여자 친구에게 요구했다. 그

둘은 우리가 보는 앞에서 딥키스를 했다. 나 같으면 절대 사람들 앞에서 키스는 못할 텐데. 역시 걸은 대단하다.

우리는 술을 마시고, 노래를 부르고, 춤을 췄다. 생일 파티가 끝나고 모두가 돌아갔을 때, 걸이 나를 조용히 불렀다.

"개. 넌 나의 영원한 친구다. 알지?"

나는 감격에 겨워 눈물이 핑 돌 지경이었다.

"알고말고. 너도 내 영원한 친구야."

걸은 주머니에서 핸드폰 하나를 꺼냈다.

"이건 내 선물. 너하고 나만 연결되는, 세상에 하나뿐인 핸드폰이야. 다른 사람한테는 번호를 알려 주지 마. 오직 내 전화만 받아야 돼."

나는 미안해서 차마 그 핸드폰을 받을 수 없었다.

"난 네 생일 선물도 준비 못했는데."

걸은 억지로 핸드폰을 내 주머니에 넣고는 내 한쪽 어깨를 감싸 안으며 말했다.

"괜찮아. 서로 도우면서 살면 되는 거지, 뭐."

다음 날 핸드폰이 울렸다. 전화를 받자 걸이 급한 목소리로 말했다.

"개. 나 지금 화장실인데 휴지가 없네. 미안하지만 휴지 좀 갖다 줄래? 2층 남자 화장실 첫째 칸이야."

화장실에서 볼일을 보다 휴지가 없을 때 얼마나 난감한지는 내가 경험해 봐서 안다. 나는 휴지를 들고 화장실로 달려갔다. 걸은 무사히 뒤처리를 하고 밖으로 나왔다. 나는 친구를 위기에서 구해 줬다는 자부심으로 자랑스러웠다. 좋은 일을 함께 나누는 것보다 힘든 일을 함께 나누는 게 진짜 친구다. 앞으로 걸에게 어려움이 있으면 언제 어디든 달려가 도와주리라 굳게 결심했다.

점심시간 전에 걸에게서 문자가 왔다.

— 혹시 학교 밖으로 나갈 일 없니?

수업이 끝나기 전에 교문을 나가면 벌점 5점을 받는다. 나갈 일이 없는데 걸이 필요한 게 있을까 봐 거짓으로 문자를 보냈다.

— 마침 나가려고 했는데 뭐 필요한 거 있어?

금세 답장이 왔다.

— 잘됐다. 콜라 한 병만 사다 주라.

점심도 먹지 않고 선생님 몰래 담을 넘어 밖으로 나갔다. 간이

콩알만 해졌다. 콜라를 사 들고 오는 길에도 담을 넘었다. 그런데 선생님에게 걸리고 말았다. 결국 벌점을 받았다. 걸이 미안해할까 봐 걸렸다는 말은 하지 않았다. 걸은 내가 사다 준 콜라를 단숨에 벌컥벌컥 들이켰다. 시원하게 콜라를 마시는 걸을 보자 속상했던 마음이 풀어졌다.

친구를 위해 뭔가를 해 줄 수 있다는 건 기쁜 일이다. 돈이 없으니 선물을 사 주지는 못해도 몸으로 할 수 있는 거라면 다 해 주고 싶었다. 그게 나처럼 하찮은 인간을 대접해 준 친구에 대한 예의니까.

핸드폰은 자주 울렸다. 시간과 장소도 가리지 않았다. 하루는 자려고 침대에 누웠는데 전화가 왔다. 걸이었다.

"갑자기 치킨이 먹고 싶네."

이 야밤에 치킨이 먹고 싶다니, 이건 좀 너무한 거 아닌가? 나는 잠시 갈등에 빠졌다. 잠시 후 걸이 말했다.

"농담이야, 농담. 잘 자라."

그랬군. 역시 농담이었어. 나는 잘 자라는 인사에 울컥했다. 걸이 진짜 나한테 치킨을 사 오라고 부탁할 리가 없지. 자려고 누웠는데 계속 마음이 찜찜했다. 걸이 진짜 치킨이 먹고 싶은데 미안해서 농담이라고 했을지도 모른다는 생각이 들었다. 걸에게 서프라이즈를 해 주고 싶었다. 나는 밖으로 나와서 치킨을 사러 다녔다. 하지만 그 시간에 문을 연 치킨집이 없었다. 하는 수 없이 도심지까지 나가 맥줏집에서 치킨을 사서 걸의 집으로 갔다. 문자를 보내자 걸이 잠옷 바람으로 아파트 공동 현관까지 나왔다. 걸은 내가 내민 치킨 봉지를 보더니 깜짝 놀랐다.

"농담이었는데 진짜 사 왔네. 역시 너밖에 없다. 고맙다, 친구."

걸은 내 어깨를 툭툭 두드려 주고는 현관 안쪽으로 사라졌다.

나는 한참 동안 걸의 집 앞에 서 있었다. 이상하게 마음이 씁쓸해졌다. 지금 내가 무슨 짓을 한 거지? 농담이었다는데. 왜 이렇게까지 했던 거지? 기껏 고맙다는 말 한마디 들으려고?

너무 허탈해서 발걸음이 떨어지지 않았다. 나 자신이 초라하고 비굴하게 느껴졌다. 다시는 이런 짓을 하지 않겠다고 다짐하고 또 다짐하며 집으로 돌아왔다.

중간고사가 끝나던 날, 오랜만에 오성 멤버들이 모였다. 나는 이미 공부를 포기했기 때문에 시험 전이나 시험 볼 때나 똑같지만 친구들은 공부하느라 시험 기간 내내 얼굴이 누렇게 떠 있었다. 시험이 끝나자 친구들은 감옥에서 나온 사람들처럼 얼굴에 화색이 돌았다. 시험공부하느라 얼마나 힘들었을까?

우리는 하루 종일 시내 여기저기를 돌아다녔다. 가게에 들어가 물건도 구경하고, 맛있는 것도 먹고, 노래방에 가서 목이 터져라 노래도 불렀다. 노래방에서 나와 사람들로 북적이는 거리를 걷는데 걸이 발걸음을 멈추고 말했다.

"야, 껌 씹고 싶지 않냐?"

나는 당연하다는 듯이 말했다.

"내가 사 올게."

걸이 내 팔을 잡았다.

"잠깐만."

나는 걸이 돈을 주려고 하는 줄 알고 말했다.

"돈은 됐어. 내 돈으로 사 올게."

껌을 살 돈은 나에게도 있다. 그동안 얻어먹은 거에 비하면 껌값은 그야말로 껌이다. 걸이 내 팔을 끌고 구석으로 갔다.

"우리 스릴 있는 게임 한번 해 보자. 껌을 돈 주고 사지 말고 훔쳐 오는 거야. 우린 밖에서 보고 있을게. 어때?"

나는 걸을 빤히 쳐다보았다. 나보고 지금 도둑질을 하라고? 다른 건 다 해도 그것만은 못한다. 나는 태어나서 연필 한 자루도 훔친 적이 없다. 가난은 죄가 아니지만 도둑질은 죄다. 걸이 나한테 왜 그런 일을 시키는지 이해할 수 없었다. 돈이라면 얼마든지 있는 애가. 그리고 나한테도 껌 정도 살 돈은 있는데.

"그냥 돈 주고 사 올게. 훔치는 건 못하겠어."

걸 얼굴이 싸늘하게 변했다. 지금까지 한번도 그런 표정을 본 적이 없었는데, 다른 사람 같았다.

"내 부탁인데 그것도 못 들어줘? 걸릴까 봐 그래? 걱정하지 마. 걸리면 내가 다 알아서 처리해 줄 테니까. 넌 그냥 껌 한 통만 들고 나오면 돼. 이건 그냥 재미있는 게임이야."

도저히 못하겠다고 말하고 싶었다. 하지만 그러지 못했다. 무섭게 변한 걸 표정을 보는 순간, 모든 걸 잃을까 봐 두려웠다. 오성에서 쫓겨날까 봐 무서웠다.

편의점으로 들어갈 때부터 온몸이 떨렸다. 숨이 턱 막혔고, 입 안이 바싹 말랐다. 계산대에 있는 알바 형이 나를 이상한 눈으로 보는 것 같아서 제대로 걸을 수도 없었다. 편의점 밖을 보니 걸과 도, 윷, 모가 안을 보고 있었다. 걸이 눈으로 재촉했다. 빨리 껌 있는 쪽으로 걸어가. 나는 껌이 있는 판매대로 걸어갔다. 알바 형과 정면으로 마주한 곳이다. 어떻게 껌을 훔치지? 훔치다 걸리면 그 땐 어떡하지?

온몸이 바들바들 떨렸다. 그때 한 무리의 초등학생이 편의점 안으로 들어왔다. 아이들은 시끄럽게 떠들면서 과자나 초콜릿, 아이스크림을 사느라 야단법석이었다. 나는 껌 한 통을 들고 주위를 살펴보았다. 알바 형은 애들이 가져온 과자를 계산하느라 정신이 없었다. 아무도 나를 보는 사람은 없었다. 밖에서 안을 지켜보고 있는 네 명의 오성 친구들 말고는.

나는 손에 쥔 껌을 재빨리 바지 주머니에 넣었다. 너무 떨려서 오줌을 쌀 것 같았다. 이제 돌아서서 나가기만 하면 되는데 발이 안 떨어졌다. 초등학생 무리가 어느새 계산을 다 끝내고 우르르 몰려 나가고 있었다. 밖에서 걸이 어서 나오라고 손짓했다. 나는 슬그머니 무리 뒤를 따라갔다. 금방이라도 알바 형이 달려와 내 목덜미를 잡을 것 같아서 숨이 턱 막혔다.

무사히 밖으로 나왔다. 물속에 있다 나온 것처럼 겨우 숨을 쉴 수 있었다. 후, 하고 심호흡을 하고 나서 친구들이 있는 곳으로 달려갔다. 친구들은 적진에서 살아 돌아온 병사를 환영하듯 나를 환영했다. 모두 엄지손가락을 높이 쳐들어 보이며 "최고!"라고 나를 치켜세웠다. 조금 전까지 두려움으로 무섭게 뛰던 심장이 이제는 자랑스러움으로 벌렁거렸다. 내가 껌을 내밀자 걸은 환하게 웃으며 말했다.

"너 다 씹어."

그날 나는 집으로 돌아오는 길에 껌 한 통을 다 까서 한꺼번에 입에 넣고 우적우적 씹었다. 입 안이 너무 달아 머리가 아팠다.

껌 한 통은 시작에 불과했다. 걸은 나한테 계속 뭔가를 훔치라고 시켰다. 무슨 일이든 처음이 힘들고 어려운 법이다. 그다음은 쉽고 그 다음다음은 더 쉬웠다. 훔치는 물건도 점점 커졌다. 면도

기도 훔쳤고, 남성용 화장품도 훔쳤다. 장소도 편의점, 마트, 백화점 등 다양해졌다. 내가 물건을 훔칠 때마다 친구들은 멀리 떨어진 곳에서 나를 응원했다. 몇 번 걸릴 뻔한 적도 있었다. 편의점에서 USB를 훔쳐 나오는데 물건을 정리하고 있던 주인아저씨가 "학생, 잠깐만." 하고 나를 불렀다. 순간적으로 밖을 내다보았다. 걸이 "튀어!"라는 사인을 보냈다. 나는 정신없이 밖으로 뛰쳐나왔다. 그리고 빛보다 빠른 속도로 달렸다. 멤버들이 내 뒤를 따라 달렸다. 한 편의 영화를 찍는 기분이었다. 제목은 〈도둑과 그 친구들〉. 도둑은 뭔가를 계속 훔치고, 친구들은 숨어서 키득거린다. 도둑이 물건을 훔치려다 들키면 친구들은 '우정의 이름으로' 함께 도망쳐 준다. 눈물 없이 볼 수 없는 감동적인 영화다.

나는 갈수록 대담해졌다. 훔치는 물건도 점점 값나가는 것들로 바뀌었다. 메이커 운동화, 시계, 지갑. 내가 물건을 훔쳐 올 때마다 친구들은 엄지손가락을 높이 쳐들고 "최고!"라고 나를 추켜세웠고, 걸은 그 물건들을 모두 나보고 가지라고 했다.

나는 훔친 물건들을 집으로 가져가지 않았다. 나에게는 아직도 일말의 양심이란 게 남아 있어서 훔친 물건을 쓸 수가 없었다. 그래서 물건들을 공원이나 놀이터 쓰레기통에 버렸다.

도둑질이 대범해지면서 우리는 무대를 학교로 옮겼다. 걸은 우리 반 1등의 문제집을 훔치라고 시켰다. 그건 별로 어렵지 않았다. 고작 문제집 따위니 죄책감은 당연히 느낄 필요도 없었다. 1등이 화장실에 간 사이 그 애 책상 위에 있던 문제집을 슬쩍했다. 문제집 역시 집으로 가는 길에 쓰레기통에 버렸다.

한번은 걸이 여자 친구인 L의 목걸이를 훔쳐 달라고 부탁했다. 왜 자기 여자 친구 목걸이를 훔쳐 달라고 하는지 그때는 이해할 수 없었다. 하지만 나는 '왜?'라는 질문을 하지 않았다. 언제부터인가 훔치는 것에 이유 따윈 묻지 않았으니까.

L은 빨간색 루비가 달린 금목걸이를 차고 있었다. 목걸이를 훔치기 위해서는 기술이 필요했다. 나는 동영상으로 목걸이 소매치기 방법을 배웠다. 목걸이를 훔치는 방법에는 여러 가지가 있었지만 제일 좋은 방법은 '껌치기'였다. 껌치기는 상대 머리나 옷에 껌을 붙여 정신없게 만든 다음 재빨리 목걸이를 낚아채는 방법이다. 문방구에서 싸구려 목걸이를 사서 집에서 몇 번이나 목걸이 끊는 연습을 한 뒤에 학교에 갔다.

걸과 L은 쉬는 시간에도 늘 붙어 다녔다. 하지만 걸은 내가 작업할 수 있도록 오늘은 L과 다니지 않겠다고 했다. 수업이 끝날 때쯤 껌 열 개를 입에 넣고 씹었다. 껌을 최대한 많이 씹어서 흐물흐물한 상태로 만들었다. L은 책상에 엎드려 자고 있었다. 나는 지나가는 척하며 L 머리에 껌을 붙였다. 뒤에서 걸이 보고 있다가 씨익 웃었다. 머리카락에 껌이 붙어 있는 것을 본 L은 껌을 떼느라 정신이 없었다. 나는 L에게 다가갔다. L이 소리를 바락바락 지르며 몸부림을 쳤다. 나는 L이 껌에 정신이 팔려 있는 동안 재빨리 목걸이를 낚아챘다. 당연히 L은 눈치채지 못했다. 여자아이들이 L 주변에 모여들었다. 걸이 이번에는 목걸이를 자기에게 가져오라고 했기 때문에 나는 목걸이를 걸에게 주었다. 걸은 그 목걸이를 화장실 변기에 넣고 물을 내렸다. 비싼 금목걸이를 똥처럼 변기에 넣고 흘려 버리다니, 너무 아까웠지만 걸이 하는 일이라서 보고 있을 수밖에 없었다.

L은 울면서 목걸이를 찾으러 다녔다. 나는 모른 척했다. 물론 걸도 모른 척했다. 우린 공범이었지만 아무도 우리가 공범이라는 것을 눈치채지 못했다. L은 하루 종일 교실 바닥에서 목걸이를 찾았지만 끝내 찾지 못했다. 당연하지. 그 목걸이는 이미 정화조 밑바닥에 똥물과 함께 있을 테니까.

그다음 날 걸과 L은 헤어졌다. 걸은 귀찮은 여자 친구를 떼어내고 싶을 때마다 나를 시켜서 자신이 준 선물을 되찾아 왔다. 손에 피 한 방울 묻히지 않고 상대를 죽이는 무사 같다. 그 신공이 보통을 넘는다. 그런 일은 그 뒤로도 계속됐다. 여자아이들은 걸이 결별을 통보해도 아무 말도 하지 못했다. 그 선물은 내 마음이었어. 넌 내 마음을 하찮게 여겼어. 우린 이제 끝이야. 그게 결별을 선언할 때 늘 사용되던 걸의 단골 멘트였다.

도둑질이 다 성공한 건 아니다. 학교에서는 들켜도 도망칠 수가 없으니까. 게다가 하루 종일 같은 공간에 있기 때문에 훔친 물건을 숨기는 것도 쉽지 않다. 한번은 걸이 K의 핸드폰을 훔치라고 시켰다. 그날은 기분도 별로 안 좋았을뿐더러 핸드폰 같은 비싼 물건은 훔치기도 싫었다. 하지만 명령을 거역할 수가 없었다. 나는 이미 걸에게 길들여져 있었으니까.

K는 핸드폰에 중독된 아이였다. 단 한순간도 핸드폰을 손에서 놓은 적이 없었다. 수업 시간에도 책 속에 교묘하게 숨겨서 게임을 한다. 이번 작업은 꽤 까다로울 것 같았다. 호시탐탐 기회를 엿봤다. 수업이 끝나고 쉬는 시간에 드디어 기회가 왔다. K의 운동화 끈이 풀려 있었다. 나는 일부러 K의 책상 옆으로 지나가며 말했다.

"너 운동화 끈 풀렸다."

K는 보고 있던 핸드폰을 책상 위에 놓고 허리를 굽혀 운동화 끈을 맸다. 나는 재빨리 핸드폰을 집어 바지 주머니에 넣었다. 서둘러 교실 문을 나오려는데 K가 소리쳤다.

"앞문 뒷문 다 닫아. 누가 내 핸드폰 훔쳐 갔어. 범인은 이 안에 있다."

그때 하필 재수 없게도 내 바지 주머니에 있던 녀석의 핸드폰이 울렸다. 모든 아이의 눈이 나에게로 향했다. 나는 걸을 봤다.

걸리면 다 해결해 주겠다고 했던 말이 떠올랐다. 하지만 걸은 나를 외면했다.

그 일로 나는 선도 위원회에 넘겨졌다. 학교로 불려 온 엄마가 우리 애는 절대 남의 물건을 훔치는 그런 애가 아니라면서 울었다. 엄마를 보며 나는 속으로 말했다. 엄마, 난 그런 애예요.

그 뒤로도 학교에서 물건을 훔치다 두 번이나 더 걸렸다. 그때마다 걸은 나를 외면했다. 오히려 왜 그렇게 조심성이 없느냐면서 나를 구박했다. 전교생이 전부 나를 알았다. 내가 지나갈 때마다 뒤에서 "도둑놈 지나간다. 조심해."라는 말소리가 들려왔다. 오성 친구들도 나를 멀리했다. 내가 끔찍한 전염병을 옮기는 환자라도 된 것처럼 아무도 내 옆에 오지 않았다. 나는 혼자가 됐다.

내가 왜 이렇게 됐는지 모르겠다. 학교도 싫고, 집도 싫고, 사는 것도 싫어졌다. 나는 걸의 개가 되어 있었다. 나는 걸에게서 벗어날 수 없었다. 벗어나기에는 내가 너무 멀리 와 버렸다.

몇 번이나 걸에게 부탁했다. 제발 나를 놔줘. 그때마다 걸은 자기 핸드폰 속에 저장되어 있는 동영상을 보여 주었다. 내가 물건을 훔치는 장면을 촬영한 동영상이었다. 편의점에서, 마트에서, 백화점에서, 교실에서 물건을 훔치는 나. 동영상 속 나는 인간이 아니라 괴물이었다. 내가 보지 않으려고 고개를 돌리자 걸은 내

머리를 잡고 동영상에 갖다 댔다.

"똑똑히 봐. 저게 바로 너야. 내 말 듣지 않으면 이 동영상, 인터넷에 올릴 거야. 그럼 넌 어떻게 되는지 알지?"

그리고 걸은 나에게 마지막 부탁을 했다.

"딱 한 번만 더 해. 이번이 마지막이야. 이번만 성공하면 이 동영상 다 지우고, 너한테 다신 그런 부탁 안 할게."

어제 담임은 새 시계를 차고 와서 여자 친구가 선물로 줬다면서 자랑했다. 검은색 메탈 끈이 달린 크로노그래프 시계였다. 걸은 그 시계를 훔치라고 말했다. 마지막이라는 걸의 말을 믿어 보기로 했다. 이제 걸에게서 벗어나면 새 인생을 살아야지. 친구도 사귀고, 엄마한테 효도도 하고, 공부도 열심히 해야지. 그렇게 마음먹으니까 오히려 마음이 홀가분해졌다.

나는 그동안 걸에게 한 가지 꼭 묻고 싶은 게 있었다.

"뭐 하나 물어봐도 돼?"

걸은 귀찮다는 듯 건성으로 대답했다.

"뭔데?"

"왜 나한테 도둑질을 시켰어? 네가 얻는 건 아무것도 없잖아."

나는 진심으로 궁금해서 진지하게 물은 건데 걸은 갑자기 재밌어 죽겠다는 듯 웃기 시작했다. 큰 소리로 한참을 웃던 걸은 갑자기 웃음을 그치더니 싸늘하게 식은 표정으로 말했다.

"재밌잖아."

나는 그때 걸 눈빛에서 걸이 결코 이 게임을 끝내지 않으리라는 걸 읽었다. 걸은 이번이 마지막이라고 했지만 나는 그 말을 믿지 않았다. 마지막은 없다. 걸이 이 게임을 끝내지 않는다면 내가 끝내야 한다.

이번 작업은 시간이 제법 걸렸다. 담임이 시계를 계속 차고 다녔기 때문이다. 며칠 동안 담임을 예의 주시했고, 일부러 일을 만들어 교무실을 들락거렸다. 그렇게 틈을 엿보는 와중에 드디어 기회가 왔다.

교사들끼리 족구를 하던 날, 담임은 시계를 책상 위에 풀어 놓고 운동장에 나갔다. 나는 교무실 청소를 하는 척하다가 담임 시계를 슬쩍했다. 그리고 곧장 걸에게로 가서 내 포획물을 보여 주었다.

"와, 성공했구나. 개, 넌 정말 프로야. 인정!"

걸은 또 엄지손가락을 치켜세우며 감탄했다.

종례 시간에 담임이 시계를 못 봤느냐고 아이들한테 물었지만 아무도 대답하지 않았다. 책상과 교탁을 샅샅이 뒤지던 담임은 교실 뒤에 있는 사물함을 열어 보기 시작했다. 담임은 금방 시계를 찾아냈다. 26번 사물함. 바로 내 사물함이었다. 담임은 내 사물함에서 시계를 발견하자마자 이유도 묻지 않고 내 뺨을 때렸다. 아팠지만 이를 악물었다. 맞고 나서 걸을 보았다. 걸은 언제나 처럼 나를 외면했다. 나는 또 선도 위원회에 넘겨졌다.

개는 주인을 배신하지 않는다. 집에서 기른 개를 주인이 잡아먹으려고 몽둥이로 때리면 피투성이가 돼서 도망가면서도 주인이 "메리야, 이리 와." 하고 손짓하면 꼬리를 흔들며 다시 주인에게 달려가는 게 개의 속성이다.

하지만 나는 개가 아니다. 나는 인간이다.

나는 모든 걸 고백했다. 걸의 부탁으로 처음 껌을 훔쳤을 때부터 담임 시계를 훔치게 되기까지 하나도 빠짐없이 다 말했다. 그렇다고 내가 내 죄를 벗기 위해서 자백을 했던 건 아니다. 나는 내가 개가 아니라 인간이라는 걸 증명하고 싶었다. 그게 그동안 내 못난 몸을 지탱하며 살아온 나에 대한 예의일 것 같았다.

걸은 모든 혐의를 부인했다. 도둑질을 시킨 적도 없고, 담임 시계를 훔치라고 한 적도 없다고 말했다. 나는 내가 사실대로만 말하면 이 게임이 끝날 줄 알았다. 하지만 아니었다. 뭔가 잘못되었다. 선도 위원회 위원들은 내 말을 믿지 않았다. 걸이 나에게 그런 일을 시켰다는 증거가 하나도 없었다. 걸 핸드폰에는 내가 물건을 훔치는 동영상 따위는 없었다. 심지어 내 전화번호도 없었다. 내가 걸과 통화한 핸드폰과 통화 내역을 증거로 내놓았지만 상대방은 결번으로 나왔다.

걸 어머니는 자기 아들에게 죄를 뒤집어씌웠다면서 나를 명예훼손으로 고소하겠다고 교양 있는 목소리로 말했다. 우리 엄마는 두 손을 모아 빌며 제발 고소만은 하지 말아 달라고 부탁했다.

교장이 말했다.

"한 학생의 인생이 달린 문제라 우리는 신중하게 의논했습니다. 하지만 우리에게는 한 명의 학생보다는 다수의 선량한 학생을 보호해야 할 의무가 있다고 판단했습니다. 썩은 부위를 잘라내지 않으면 전체가 썩게 됩니다. 학생을 제대로 가르치지 못한 우리들에게 책임이 있음을 깊이 통감합니다."

그래서 결론은,

퇴학.

나는 썩은 부위였고, 결국 잘라 내졌다.

엄마는 주저앉아 통곡했고, 볼일이 끝난 선도 위원회 위원들은 서둘러 회의실을 나갔다.

나는 버려졌다. 나는 잘라 내졌다. 나는, 버림받았다.

하루 종일 방에 처박혀서 아무것도 하지 않았다. 잠도 자지 않았고, 밥도 먹지 않았다. 나는 내가 인간이라는 것을 증명하는 일에 실패했다. 그래서 멍멍 짖으며 방바닥을 기어 다녔다. 엄마는 나를 볼 때마다 깊은 한숨을 내쉬었다. 검정고시를 보거나 받아

주는 학교가 있으면 전학을 가자고, 아니면 뭐라도 좋으니 일단 해 보자고 했다. 하지만 나는 학교로 다시는 돌아갈 수 없었다. 사람들이 무섭고, 무엇보다 나 자신이 싫었다. 죽이고 싶도록 내가 싫었다.

어디서부터 잘못된 걸까, 한때라도 내가 제대로 살아 본 적이 있나? 한 번이라도 인간이었던 적이 있나?

과거를 떠올릴수록 눈물만 나왔다. 이렇게 살 거면 왜 태어났을까? 앞날은 암흑처럼 어둡고, 지나간 날들은 온통 슬픔뿐이다.

그래, 죽자. 죽어서 이 고통을 잊자.

엄마가 출근을 한 뒤 나는 화장실로 들어갔다. 화장실 벽의 샤워기 거치대에 혁대를 걸고 내 목이 들어가기 적당할 정도로 올무를 만들었다. 그 아래 의자를 놓고 올라가 올무에 목을 넣었다.

이렇게 끝나는구나. 잘 가라, 열여덟 내 인생.

다시는 아무것으로도 태어나지 말기를…….

"일어나."

할매 목소리가 아득히 먼 곳에서 들려왔다.

"이제 그만 일어나라."

할매 목소리가 뚜렷해졌다. 할매가 걱정스러운 눈빛으로 나를 내려다보고 있었다. 그제야 깊고 어두운 동굴 속에 있던 내 의식이 서서히 돌아왔다.

"네 전생을 봤냐?"

"응. 봤어."

"뭘 봤는데?"

"할매."

"그래, 말해."

"나, 죽었어."

"알아."

"나 이제 어떡해?"

"어떡하긴 뭘 어떡해. 그냥 사라지는 거지."

"억울해."

"이렇게 된 거 이름이나 알자. 이름이 뭐냐?"

"내 이름은……. 내 이름은…… 문…… 호……."

졸려.

이제 무로 돌아가야 할 시간. 시작도 없고, 끝도 없는 그곳.

그래도 괜찮아. 내가 뭐였는지 알았으니까. 적어도 내가 뭐였는지 모르고 가는 것보다는 훨씬 나을 거야.

안녕. 내 것이 아니었던 내 삶아.

13

임꺽정 얼굴이 굳어졌다. 소설 내용은 허구가 아니었다. 걸은 박잉걸, 오성은 박잉걸이 만든 모임인 갤럭시, 유령은 아마도 작년에 스스로 목숨을 끊은 문호민일 가능성이 컸다.

임꺽정은 문호민을 똑똑히 기억하고 있었다. 평소에 도벽이 심한 아이였다. 아이들 물건은 물론 나중에는 교사들 물건에도 손을 댔다. 담임 손목시계를 훔친 게 발각되어 퇴학 처분을 받고 학교를 떠났다. 그 아이가 자살했다는 소식을 듣고 안타까워했지만 그것도 잠시뿐이었다. 그런데 〈유령〉에서는 문호민이 왜 자살했는지 자세히 묘사되어 있다. 얼마 전 학교를 떠난 김동욱과 소설 속 문호민은 데자뷔라고 생각될 만큼 닮았다. 그러나 단정해서는 안 된다. 소설은 소설일 뿐, 아직 밝혀진 건 아무것도 없다. 은별이 걱정스러운 얼굴로 물었다.

"어떡하죠, 선생님?"

"글쎄요. 이 책은 어차피 도서관에 등록되지 않은 불법물이니까 선생님이 처리하면 되지 않을까요?"

은별은 고개를 저었다.

"소용없을 거예요. 제가 이 책을 압수했는데도 그다음 날 똑같은 책이 다른 곳에 꽂혀 있었어요. 아이들은 어떻게 알았는지 기가 막히게 찾아냈고요. 누가 이런 짓을 하는 걸까요?"

소설을 읽어 보면 글을 제법 많이 써 본 솜씨였다. 스토리를 구성하는 능력도 있었다. 웹소설이나 웹툰 작가를 지망하는 아이들이 더러 있었지만 그 아이들이 쓴 글을 읽어 보면 지나치게 허무맹랑하거나 유치하거나 암호처럼 해독이 어려운 내용들이 대부분이었다. 이렇게 구체적으로 한 편의 소설을 완성할 만한 글솜씨를 가진 아이는 아무리 생각해 봐도 떠오르지 않았다.

"그건 저도 모르죠. 아무튼 이 문제는 좀 더 고민해 봅시다."

수업이 끝나는 종이 울리자 밖이 시끄러워졌다. 임꺽

정은 자리에서 일어났다. 그때 은별 핸드폰이 울렸다. 핸드폰을 들여다보던 은별이 화들짝 놀랐다. 은별이 울상을 지으며 핸드폰을 임꺽정에게 보여 주었다. 화면에 '교감 선생님'이라고 찍혀 있었다. 계속 전화가 울리자 임꺽정이 빨리 받으라는 시늉을 했다. 은별이 전화를 받았다. 은별은 네, 네, 계속 듣기만 하다가 알겠습니다, 하고 말한 뒤 울 것 같은 표정으로 전화를 끊었다.

"이 책 가져오래요. 어떡하죠, 선생님?"

"별일이야 있겠습니까? 교감 선생님도 무슨 책인지 궁금하셔서 불렀을 거예요. 다녀오세요."

은별은 책을 서류 봉투에 넣어 들고 교무실로 향했다.

오늘 아침, 교감은 은 여사의 전화를 받았다. 은 여사는 도서관에 등록도 되지 않은 이상한 책이 나돌고 있다는데 알고 있느냐고 따져 물었다. 교감은 금시초문이었지만 대강은 알고 있다고 얼버무렸다. 은 여사는 그런 허접쓰레기 같은 내용을 누가 썼는지 모르겠지만 그런 책으로 우리 선량한 아이들을 현혹해서는 안 된다면서 그 책을 쓴 범인을 꼭 찾으라고 엄포를 놓았다. 교감은 도서관에는 당연히 등록된 책만 꽂혀 있어야 하고, 더구나 학생들에게 나쁜 영향을 끼치는 그런 책은 절대로 신성한 도서관에 있어서는 안 된다며 범인을 꼭 잡겠다고 대답했다.

은별이 교감실로 들어왔다. 교감은 은별이 내민 서류 봉투를 받았다. 봉투 안에는 파란색 표지로 된 얇은 책이 들어 있었다. 교감은 못마땅한 표정으로 책을 펼쳤다. 교감이 책을 읽는 동안 은별은 두 손을 공손히 무릎 위에 올려놓은 채 기다렸다. 다리를 꼬고 대충 책을 훑어보던 교감은 이내 다리를 풀고 바르게 앉아 정독하기 시작했다. 교감 얼굴이 점점 굳어졌다.

교감은 2년 전 퇴학시켰던 한 아이를 떠올렸다. 그 아이 이름이 뭐였더라? 얼굴이 새빨간 여드름으로 뒤덮여 있던 아이였다. 그 아이는 겁도 없이 담임 시계를 훔쳐서 선도 위원회에 넘어왔다. 죄질이 아주 안 좋았다. 벌써 몇 번이나 도벽으로 걸렸던 적이 있었다. 그런 아이에게 솜방망이 처벌을 했다가는 또다시 문제를 일으킬 게 뻔했다. 학교는 제대로 된 인간을 만들어 내는 곳이지 도둑을 양성하는 곳이 아니었다.

그 아이는 이 모든 일을 박잉걸이 시켜서 한 거라고 진술했다. 증거는 전혀 없었고, 박잉걸 본인도 그런 적이 없다고 했다. 교감은 전교생을 다 알지는 못했지만 박잉걸만큼은 잘 알았다. 박잉걸은 다방면에서 재능이 뛰어난 아이였다. 각종 교외 대회에서도 큰 상을 받는 등 모범을 보여 학교 이름을 알린 훌륭한 학생이기도 했다. 더구나 박잉걸 부모는 학교를 위해 매년 거액을 기부하고 있다. 그런 훌륭한 부모 밑에서 자란 아이가 그런 더러운 짓을 시킬 리가 없다. 마지막으로 반성하라고 발언 기회를 줬더니 기껏 하는 말이 친구에게 죄를 뒤집어씌우는 것이었다. 더는 선처를 해 줄 수가 없는 악질이었다.

퇴학당한 그 아이가 어떻게 됐는지 알 수도 없었고, 알 필요도 없었다. 그런데 이 소설 속에는 그 아이가 죽은 걸로 되어 있다. 만약 소설이 실화를 바탕으로 써진 거라면 그 아이가 자살했다는 건데…….

교감은 〈유령〉을 탁자 위로 툭 던졌다.

"이은별 선생님. 이 쓰레기가 왜 도서관에서 나왔는지 설명해 보시죠."

"저도 모르겠습니다. 방학이 지나고부터 도서관에 꽂혀 있었어요."

교감은 언짢은 투로 물었다.

"누가 갖다 놨습니까?"

"죄송합니다. 모르겠어요."

교감이 버럭 소리를 질렀다.

"하루 종일 도서관에 있으면서 이걸 누가 꽂아 놨는지도 못 봤단 말입니까? 도대체 당신이 아는 게 뭐요?"

은별은 할 말이 없었다. 책은 압수해도 금세 다시 꽂혀 있었다. 정말 귀신이 곡할 노릇이었다. 유령이라도 나타나 책을 꽂아 놓고 사라졌나, 하는 생각까지 들 정도였다. 게다가 쉬는 시간이나 점심시간 때는 수십 명의 아이들이 한꺼번에 몰려들어 정신이 없기도 했다. 아이들 몸을 일일이 다 검사할 수도 없었고, 서가를 돌면서 불침번을 설 수도 없었다. 은별은 고개를 푹 숙인 채 아무 말도 하지 못했다.

"잘 들으세요. 지금부터 철저하게 감시하세요. 이 글을 쓴 아이나 읽는 아이나 모두 색출하세요."

은별은 대답하지 않았다.

"내 말 안 들립니까? 수단과 방법을 가리지 말고 범인을 잡으란 말입니다. 아셨습니까?"

은별은 겨우 대답했다.

"네."

은별은 오늘 해야 할 일을 생각하자 한숨이 나왔다. 새로 들어온 신간도 정리해야 하고, 분실된 도서증도 새로 발급해야 하고, 작가와의 만남에 초대할 작가도 섭외해야 한다. 그런데 이제는 더 중요한 일이 생겼다. 도서관에 오는 모든 아이를 감시해야 하는 일.

교감은 은별을 힐끔 쳐다보며 혀를 끌끌 찼다. 은별은 자리에서 일어나 교감에게 가볍게 목례를 하고 돌아섰다. 교감이 은별 등에 대고 말했다.

“오늘부터 다른 일은 모두 스톱하고 범인 잡는 일에 올인하세요. 아셨습니까?”

은별은 대답 대신 다시 한번 고개를 까딱해 보이곤 돌아서 문 쪽으로 걸어갔다. 그리고 문을 열며 입 속으로 중얼거렸다.

‘범인을 찾고 싶지 않아.’

14

동욱은 카페 문을 열고 들어와 주위를 두리번거렸다. 널찍한 카페 안에는 더위를 피해 들어온 사람들로 빈자리가 거의 없었다. 동욱은 땀으로 젖은 머리카락을 쓸어 올리며 탁자 사이를 걸어갔다. 지아는 구석에 있는 2인용 탁자 앞에 앉아 핸드폰을 들여다보고 있었다. 동욱은 지아를 보자 얼굴이 굳어졌다. 동욱을 발견한 지아가 손을 흔들려다 말고 머쓱한 표정으로 슬그머니 팔을 내렸다. 미소를 짓고 있는 동욱의 입술이 파르르 떨렸다. 지아가 어색하게 웃었다.

"어서 와."

"안녕."

동욱은 지아 앞에 앉았다. 천장에 달린 에어컨에서 시

원한 바람이 쏟아졌다. 지아는 동욱을 빤히 바라보았다. 동욱은 다른 사람 같았다. 여리게 보였던 몸에 보기 좋게 살이 붙었고, 키도 전보다 훨씬 더 커 보였다. 얼굴 골격도 변해서 다부진 인상이 물씬 풍겼다.

"너 진짜 많이 변했다."

달라진 건 외모뿐만이 아니었다. 표정도 전혀 다른 사람 같았다. 전에는 늘 뭔가에 쫓기듯 어둡고 불안해 보였는데 지금은 자신감이 넘쳐 보였다. 지아는 손톱을 물어뜯었다. 엄지손가락 손톱은 너무 자주 물어뜯어 반도 남아 있지 않았다. 동욱이 미간을 찡그렸다.

"그러다 손톱 빠지겠다. 나쁜 버릇이야."

지아가 재빨리 손을 탁자 아래로 내렸다. 동욱이 진지한 얼굴로 물었다.

"네가 연락할 줄은 몰랐어."

지아는 동욱의 시선을 피해 고개를 살짝 숙였다.

"그냥 한번 보고 싶었어."

카페 안에 방탄소년단 노래가 흘러나왔다. 동욱은 잠시 노래를 듣다가 생각난 듯이 물었다.

"어떻게 지냈어?"

"그냥, 보다시피. 넌?"

"그림 그렸어."

"네 그림 보고 싶다."

동욱이 가방에서 스케치북을 꺼내 탁자 위에 올려놓았다. 스케치북을 넘기자 미래 도시를 그린 그림이 이어졌다. 고층 빌딩들과 그 사이를 날아다니는 자동차와 비행 물체들, 첨단 장비를 갖춘 로봇들과 인간들이 조화를 이룬 정밀화였다. 지아가 다시 한 장을 넘겼다. 초록 나무들이 울창한 깊은 숲속에서 인간과 동물들이 평화롭게 어우러져 있는 그림이었다.

"제목은?"

"그냥 습작이야."

"이건 습작 수준이 아닌데?"

지아는 스케치북을 넘길 때마다 감탄했다. 동욱은 지아를 물끄러미 바라보았다.

"너 예전에는 여자만 그렸잖아. 그림 스타일이 완전히 달라졌네."

동욱 얼굴에 잠깐 씁쓸한 미소가 스치고 지나갔다. 동욱은 스케치북을 가방에 넣었다. 가방에는 색연필과 물감 등의 그림 재료와 도구들이 가득했다. 동욱은 미대에서 주최하는 대회에 나갈 예정인데 상을 받으면 대입에

도움이 될지도 모르겠다며 남의 말을 하듯 말했다. 학교에 다닐 때는 대학에 갈 생각이 전혀 없었는데 학교를 나오고 나서 대학에 가고 싶은 마음이 생겼다며 멋쩍게 웃었다. 지아가 학교에는 돌아오지 않을 거냐고 묻자 동욱은 단호하게 그럴 생각이 없다고 대답했다.

지아는 한동안 너무 괴로워 학교를 그만둘까 생각했지만 아직까지 참고 다니고 있다고 했다. 어른들이 자주 하는 말 중에서 '세월이 약'이라는 말을 정말 싫어했지만 그 말이 진리라는 걸 깨달아 가고 있다며 씁쓸하게 웃었다. 동욱이 네가 나이를 먹어 가는가 보다, 하고 말하자 두 사람은 낄낄거리며 웃었다.

지아가 웃음기가 사라진 얼굴로 말했다.

"내 인생은 〈유령〉을 읽기 전과 〈유령〉을 읽고 난 뒤로 나뉠 수가 있어."

"〈유령〉?"

"응. 그런 게 있어."

동욱은 더는 묻지 않았다. 이번에는 지아가 물었다.

"너 후회하니?"

"뭘?"

"박잉걸 대신 봉사활동 한 거. 그 일만 없었으면 학교 계속 다니고 있었을 거잖아."

동욱이 웃으며 머리를 흔들었다.

"어차피 지난 일인걸. 난 지금이 좋아. 학교 다닐 때는 꿈이 없었는데 지금은 꿈이 생겼거든. 네 덕분이야."

"나? 내가 뭘 어쨌다고?"

"응. 그런 게 있어."

동욱이 장난스럽게 웃자 지아가 가볍게 동욱을 흘겨보았다.

"이것으로 쌤쌤. 오케이?"

"오케이."

두 사람 사이에 또다시 어색한 침묵이 흘렀다. 침묵을 먼저 깬 사람은 동욱이었다.

"그럼 넌 박잉걸 좋아한 거 후회해?"

지아는 잠시 생각에 잠겼다.

"아니. 나도 후회 안 해."

동욱이 짓궂은 표정으로 물었다.

"과연 그 말이 진심일까?"

지아가 진지한 얼굴로 말했다.

"잉걸이를 좋아했던 건 사실이니까. 그것까지 부정하고 싶지는 않아. 내가 걔한테 이용당한 것도 처음에는 괴롭고 창피했지만 지금은 괜찮아졌어. 내가 정말 후회하는 건 따로 있어."

"뭔데?"

"너한테 했던 말. 그때 내가 너한테 했던 말들은 독이 발린 가시였어. 내가 너한테 쐈던 독 가시가 다시 나한테 날아와서 내 심장을 찌르더라. 널 만나서 꼭 사과를 하고 싶었어."

지아가 손을 내밀었다.

"미안해."

동욱은 지아가 내민 손을 내려다보았다.

"내가 이 손을 잡으면 해독이 되는 건가?"

지아가 애원하는 눈빛으로 말했다.

"제발 내 사과를 받아 줘."

지아 손은 하얗고 길었다. 제아 손가락도 이렇게 예뻤나? 동욱은 그동안 숱하게 그렸던 제아를 떠올렸다. 눈을 감고도 그릴 수 있을 만큼 많이 그렸던 제아였지만 이제는 아주 먼 기억 속에 있는 것처럼 가물가물했다. 동욱은 지아 손을 잡았다. 동욱 손이 바르르 떨렸다. 지아가 활짝 웃으며 손을 흔들었다. 동욱은 지아 손을 놓고 머그잔을 집어 들었다. 머그잔 속 커피가 흔들릴 만큼 손가락이 떨렸다. 불과 한 달 전에는 지아 근처만 지나가도 온몸이 떨렸는데. 물론 지금도 떨리지 않는 건 아니지만. 동욱은 잔을 내려놓았다.

"〈유령〉 이전의 삶은 그렇다 쳐도 〈유령〉 이후의 삶은 뭔데?"

"이제부터 살아 봐야지. 근데 넌 아직도 은빛사랑채에 봉사활동 다녀?"

"응."

"그럴 줄 알았어."

"뭘?"

"난 네가 진짜로 봉사활동을 하고 있다고 생각했어. 그때 내가 본 넌 진짜였거든."

동욱이 쑥스러운 미소를 지었다.

"그랬나? 뭐, 처음에는 그냥 다녔는데 시간이 지나면서 좋아지더라. 꼭 도를 닦는 기분이었거든. 남아도는 힘도 좋은 곳에 쓰니까 좋잖아."

"나도 수능 끝나고 다닐까?"

"좋지. 언제든 환영."

"그럼 〈유령〉 이후의 삶은 봉사활동 하면서 생각해 볼게."

"좋은 생각이야."

동욱과 지아는 또 낄낄거렸다. 한참 웃던 지아가 갑자기 웃음을 멈췄다.

"참, 물어볼 게 있어."

"또 뭔데?"

"너, 학교 떠나던 날. 혹시 종이 찢으면서 집에 가지 않았어?"

동욱은 깜짝 놀랐다. 잊고 있던, 아니 잊으려고 애썼던 그날이 떠올랐다. 그날 학교에서 쫓겨나 집으로 돌아가는 길에 가방에 있던 지아 그림을 잘게 찢었다. 그리고 그 종잇조각을 하나씩 길에 버렸다. 한 조각씩 버릴 때마다 제아를 버렸고, 지아도 버렸다. 종잇조각을 다 버렸을 땐 제아도, 지아도 다 사라진 후였다.

"그걸 네가 어떻게 알아?"

더 놀란 건 지아였다. 지아 눈이 커졌다.

"그럼 〈유령〉 속에 잠깐 등장한 애가 너였구나. 가온은 그걸 어떻게 알았을까? 아, 무서워."

동욱은 영문을 모르겠다는 듯 고개를 갸우뚱거렸다. 카페 안은 빠르고 경쾌한 노래로 가득 채워지고 있었다.

15

잉걸이 교실로 들어오자 시끄럽던 교실이 갑자기 조용해졌다. 잉걸은 낯선 분위기에 잠깐 당황했지만 곧 아무렇지도 않은 얼굴로 자리에 가서 앉았다. 아이들이 적의에 찬 눈으로 잉걸을 쳐다보았다.

자리에 앉아 칠판을 본 잉걸 얼굴이 살짝 일그러졌다. 붉은색 분필로 쓴 글씨가 칠판을 가득 메웠다.

살인자 꺼져!

우우, 우우.

누가 시작했는지 야유가 터졌다. 우우, 우우. 어느새 교실 안은 야유 소리로 가득했다.

어제 교무부장 이름으로 홈페이지 게시판에 공지 사항이 떴다. 〈유령〉을 금서로 지정했으니 그 책을 읽는 학생은 처벌을 받게 된다는 내용이었다. 그동안 익명 게시판에는 1년에 서너 개 정도의 글만 올라왔다. 하지만 2학기 들어 하루에 수십 개의 글이 올라오더니 교무부장 글이 올라온 뒤에는 수백 개의 글이 올라왔다. 대부분의 글이 〈유령〉에 관한 내용이었다. 그중 가장 댓글이 많은 글은 '〈유령〉 속 실제 인물 알아맞히기'였다. 댓글은 마치 퀴즈 배틀을 하는 것 같았다.

게시물 중 대부분은 걸을 박잉걸로, 오성을 갤럭시로 지목했다. 주인공 유령에 대한 의견은 분분했다. 1년 전에 자살한 문호민을 언급하는 글이 가장 많았고, 현 갤럭시 멤버 진원이나 정학 처분을 받고 학교를 떠난 김동욱을 지목하는 글도 있었다. 그 밖에도 많은 이름이 등장했다. 목걸이를 잃어버려서 박잉걸에게 버림받았다는 여자아이들 이름까지 등장했다. 그중엔 지아 이름도 있었다.

소설 〈유령〉에서 시작된 게시물은 이제 박잉걸을 주제로 한 글로 넘어갔다. 대부분 박잉걸이 지금까지 교내에서 받은 상에 의구심을 갖는 내용이었다. 어버이날 편지쓰기 대회 상은 어떤 기준으로 박잉걸에게 준 것인지 조사해 봐야 한다는 문제 제기부터 구체적인 근거를 제시하는 글까지 올라왔다. '문예 창작 대회에서 대상을 받을 만큼 박잉걸의 글솜씨가 대단한가?'라는 글에는 그 당시 대상을 받은 박잉걸의 글이 복사되어 있었다.

박잉걸 성적에 의문을 품은 글도 있었다. 모의고사 성적보다 학교 시험 성적이 훨씬 좋은 걸 보면 시험 비리가 있었던 거 같다. 문제지를 유출했는지 여부도 조사해 봐야 한다. 박잉걸 대신 김동욱이 봉사활동을 했는데 김동욱만 무기정학 처분을 받은 건 불공평하다. 박잉걸 누나 박인지도 성적이 안 좋았는데 명문대에 합격했다. 입시 비리가 분명하다…….

익명 게시판은 박잉걸과 그 누나인 박인지까지 성토하는 글로 도배가 됐다. 〈유령〉 작가를 응원하는 글도 올라왔다.

가온의 용기에 박수를 보낸다. 우리도 함께 가온과 연대하겠다. 우리 모두가 가온이다. 속편을 기대한다는 내용과 가온이 속편을 쓰기로 했다는 확인되지 않은 글도 올라왔다.

게시판 내용은 들불처럼 빠르게 SNS를 타고 퍼졌다. 트위터나 페이스북, 인스타그램을 쓰는 학생들은 학교에서 일어난 일을 빛의 속도로 실어 날랐다. SNS에 글을 퍼 나른 사람은 대부분 학생이었지만 댓글에는 일반인의 참여가 높았다.

잉걸을 향한 아이들의 노골적인 야유는 점점 더 심해졌다. 잉걸 뒤에서 가운뎃손가락을 치켜들며 욕을 하고 지나가는 아이도 있었고, 화장실에서 볼일을 보는 잉걸 뒤에서 수군대는 아이도 있었다. 살인자, 유령, 목걸이 같은 단어들이 아이들 입에서 튀어나왔다. 잉걸은 아이들의 야유나 수군거림에 대응하지 않았다. 오히려 진원을 뺀 나머지 갤럭시 멤버들과 보란 듯이 학교를 휘젓고 다녔다. 잉걸의 그런 행동에 아이들은 더 흥분했다.

점심시간이 되자 잉걸은 갤럭시 멤버들과 시시덕거리며 식판에 밥과 반찬을 담아 자리에 앉았다. 그들은 주위의 수군거림에 전혀 신경 쓰지 않았다. 잉걸이 밥을 한 숟갈 떴을 때 머리 위에서 누군가 말했다.

"앉아도 되니?"

잉걸은 고개를 들었다. 지아였다. 잉걸은 지아를 위아래로 쓱 훑어보더니 씽긋 웃었다.

"안녕?"

지아는 잉걸 앞자리에 식판을 놓고 앉았다. 잉걸은 옆

자리에 앉은 갤럭시 멤버들과 가벼운 농담을 주고받으며 밥을 먹었다. 지아는 밥에는 손도 대지 않고 계속 잉걸을 노려보았다.

"귀하신 분이 하층민 음식을 잘도 먹네?"

지아가 빈정거렸다. 잉걸은 여전히 지아를 무시했다. 지아가 자리에서 일어나 잉걸을 노려보았다. 주변에 있던 아이들은 굉장한 구경거리를 발견한 것처럼 잉걸과 지아를 주시했다.

"난 밥맛 없는데 내 것도 먹을래?"

지아가 음식이 가득 담긴 식판을 들어 갑자기 잉걸 머리에 쏟았다. 제육볶음과 어묵국, 깍두기, 콩나물무침, 멸치조림이 잉걸 머리에 쏟아졌다. 잉걸은 의자를 박차고 일어났다. 국물이 머리카락을 타고 교복으로 흘러내렸다.

숨을 죽이며 구경하던 아이들이 갑자기 박수를 쳤다. 멀리서 박수 소리를 들은 아이들은 숟가락으로 식판을 두드리기 시작했다. 휘파람 소리도 들려왔다. 그 소란에 한쪽에서 밥을 먹던 교사들이 일어났다. 갤럭시 멤버들이 한 대 칠 것처럼 손을 쳐들고 지아를 노려보았다.

"무슨 짓이야?"

"왜? 너희들도 먹고 싶니?"

교사 몇 명이 달려왔다. 잉걸은 머리에 매달려 있는 콩나물을 뜯어내며 중얼거렸다.

"씨발."

교장은 은 여사의 전화를 받았다. "나예요."로 시작한 은 여사는 인사말도 생략한 채 대뜸 교장에게 격앙된 목소리로 쏘아붙였다.

"오늘 우리 잉걸이가 테러를 당했어요. 학교 전체가 우리 아들을 살인자로 몰아가고 있습니다. 내가 이러라고 기부한 줄 알아요? 은혜를 원수로 갚아도 유분수지. 쓰레기 같은 글 따위로 우리 아들을 살인자 취급하는 게 말이나 됩니까? 학교에서는 범인 안 잡고 뭐 하시는 겁니까? 혹시 범인을 알면서도 안 잡는 거 아니에요?"

"아닙니다. 그럴 리가 있겠습니까. 저희도 지금 백방으로……."

"당장 잡아들이세요. 당장."

교장이 어금니를 으드득 갈았다. 육십 평생 처음 맛보는 치욕이었다. 정년퇴직을 앞두고 있어 살얼음판을 걷듯 몸조심을 했건만, 말년에 이게 웬 날벼락이란 말인가.

가끔씩 교장실로 학부모의 항의 전화가 오긴 했지만 은 여사의 전화는 도를 넘어섰다.

교장은 전화를 끊고 나서 교감을 불렀다. 교감에게 도서관을 당장 폐쇄하고 교사를 전부 동원해서 〈유령〉을 쓴 범인을 찾아내라고 했다. 교무부장과 수업이 없는 교사들이 도서관으로 몰려갔다. 도서 정리를 하고 있던 은별은 깜짝 놀랐다. 교무부장은 수사관들을 지휘하는 검사처럼 이것저것 지시를 내렸다.

"일단 도서관 문부터 걸어 잠가요. 박 선생은 그동안 도서관에서 책 빌려 간 아이들 명단 확보하고, 이 선생은 CCTV 확인해서 수상한 아이가 있는지 살펴보고."

은별이 교무부장에게 항의했다.

"선생님. 왜 이러시는 거예요?"

교무부장은 은별의 항의를 무시하고 계속 지시했다.

"차 선생은 책장을 모조리 뒤져서 〈유령〉 복사본이 있는지 확인하세요. 발견하는 즉시 저에게 가져옵니다."

교사들은 불만이었지만 교무부장이 시키는 대로 민첩하게 움직였다. 쉬는 시간에 도서관을 찾은 아이들은 눈앞에 펼쳐진 살벌한 광경을 보고 발걸음을 돌렸다. 은별은 구석으로 쫓겨나 수사관들에게 집을 수색당하는 사람처럼 지켜볼 수밖에 없었다. 아무도 은별을 신경 쓰지 않았다. 은별은 눈물이 나올 것 같았지만 참았다. 그러나 더는 참을 수 없을 만큼 감정이 격해지자 운동화를 신고 밖으로 나왔다. 은별은 운동장을 달리기 시작했다. 학창 시절에도 스트레스가 쌓이면 운동화로 갈아 신고 무조건 달렸다. 숨이 끊어질 것처럼 달리고 나면 기분이 좀 괜찮아졌다.

하지만 오늘은 아무리 달려도 타오르는 불이 쉽게 꺼지지 않았다. 온몸이 땀으로 젖고, 창자가 끊어질 것처럼 배가 아팠지만 화는 점점 끓어오르기만 했다.

그 시간 임꺽정은 교실에서 수업을 하다 운동장을 보고 깜짝 놀랐다. 은별이 배를 움켜쥐고 비틀거리면서 걷고 있었다. 임꺽정은 수업이 끝나자마자 운동장으로 달려갔다.

"선생님."

은별 눈은 퉁퉁 부어 있었고, 얼굴은 땀과 눈물로 얼룩져 있었다. 임꺽정은 은별을 부축해서 등나무 아래 벤치로 데리고 갔다. 수업을 시작하기 전 교무부장이 교사 총동원령을 내렸다. 임꺽정은 수업이 있어 제외됐지만 수업이 없는 교사들은 모두 도서관으로 차출됐다. 임꺽정은 은별이 운동장을 달리고 있는 이유를 알 것 같았다.

은별이 허공을 바라보며 중얼거리듯 말했다.

"전 솔직히 가온이 잡히지 않았으면 좋겠어요."

"왜요?"

"가온은 우리가 외면하고 있는 진실을 파헤쳤어요. 선생님도 〈유령〉이 실화라는 걸 아시잖아요."

임꺽정은 마음이 복잡했다. 박잉걸도, 가온도 모두 자신의 제자였다. 솔직히 소설이 실화라는 확신도 없었다. 만약 소설이 사실이 아니라면 박잉걸은 또 다른 피해자가 되는 것이다. 전교생이 가해자가 박잉걸이라고 확신하고선 '박잉걸 죽이기'를 하고 있는데 만약 그게 거짓이라면…….

임꺽정이 어렵게 입을 열었다.

"전 아이들이 걱정입니다."

"무슨 말이에요?"

"지금은 모두 광기에 휩싸여 있어요. 〈유령〉을 쓴 아이도 이 상황을 노렸을 겁니다. 가면 뒤에 숨어서 이 상황을 즐기고 있을지도 모르죠. 어쩌면 가온은 또 다른 가해자일지도 모릅니다."

은별이 임꺽정을 노려보았다.

"가온이 가해자라고요? 선생님은 〈유령〉을 읽고도 그런 말이 나오세요?"

"아직 밝혀진 건 아무것도 없습니다."

"꼭 똥을 먹어 봐야 아나요? 냄새만 맡아도 알 수 있잖아요."

은별은 말을 해 놓고 민망한지 머쓱해서 중얼거렸다.

"뭐, 그렇다고 박잉걸이 똥이라는 말은 아니지만."

임꺽정은 피식 웃었다. 은별도 어색한 미소를 지었다. 아이들이 운동장으로 몰려나왔다. 아이들은 두 사람이 심각한 얼굴로 앉아 있는 모습을 보고는 인사를 하려다 말고 그냥 지나갔다. 은별은 운동장에서 공을 차는 아이들을 물끄러미 바라보았다. 공이 임꺽정 앞으로 굴러왔다. 임꺽정은 공을 따라 달려오는 아이를 향해 공을 힘껏 찼다. 공은 기다란 포물선을 그리며 아이 머리 위로 날아갔다. 은별이 옆에 와서 앉는 임꺽정을 보며 말했다.

"선생님이 정말 아이들을 위한다면 외면하지 마세요."

"그럼 그다음에는 어떻게 되는 거죠?"

"네?"

"소설 내용이 사실이라고 칩시다. 문호민 죽음이 박잉걸 때문이라는 게 사실로 밝혀지면 그다음에는요? 박잉걸에게 퇴학 처분이라도 내려야 하나요? 가온은요? 그 아이는 무사할 것 같습니까? 결국 모두가 피해자가 될 뿐입니다."

은별이 단호한 얼굴로 말했다.

"모두가 피해자라니요? 그건 선생님 생각이죠."

임꺽정이 은별을 빤히 바라보았다.

"그래서 선생님이 하고 싶은 말이 뭡니까?"

땀으로 얼룩졌던 은별 얼굴에 어느새 서늘한 기운이 가득했다.

"전 진실을 원해요. 진실이 명백히 밝혀지면 그다음에는 세상에 판단을 맡기는 거예요. 우리가 판결을 할 영역이 아니에요. 가해자든 피해자든 우리가 판단하는 게 아니라 세상이 판단할 문제인 거죠."

임꺽정은 아무 말도 하지 못했다. 머릿속이 흙탕물처럼 혼탁하기만 했다. 은별이 한마디 덧붙였다.

"진실은 가린다고 없어지지 않아요. 언젠가는 거짓과 벌이는 싸움에서 승리하게 되어 있어요. 전 그걸 믿어요."

16

기수는 노트북 자판에 손가락을 올려놓은 채 한동안 물끄러미 화면을 바라보았다. 빈 화면에 커서만 반짝이고 있었다. 기수는 짧게 심호흡을 하고 자판을 두드렸다.

유령.

기수는 한동안 가만히 글자를 내려다보다 유령. 유령. 유령. 계속 같은 글자를 쳤다. 유령이라는 두 글자가 화면에 가득 찼다. 그러자 방 안 가득 유령이 떠다니는 것 같았다. 기수는 방 안을 둘러보았다. 유령으로 가득한 방에서 자신도 유령이 된 것처럼 느껴졌다. 기수는 백스페이스키를 눌러 유령이라는 글자를 다 지워 버렸다. 다시 빈 화면에 커서만 깜박거렸다. 방 안을 떠돌던 유령들도 순식간에 사라졌다.

문호민은 엄마 친구인 명자 아줌마 아들이었다. 엄마와 명자 아줌마는 여고 동창생으로 40년 이상 된 친구였다. 기수는 호민과 같은 초중고를 다녔지만 학교에서는 특별히 친하게 지내지 않았다. 호민은 내성적이고 진중한 성격의 기수와는 달리 외향적이고 활달했기 때문에 둘은 어느 선 이상 가까워지지 않았다. 고등학교에 올라와서 호민은 박잉걸이 만든 갤럭시의 멤버가 됐다. 도저히 호민과는 어울리지 않는 조합이었지만 호민은 갤럭시 멤버가 된 것을 자랑스러워했다.

그런데 호민은 자주 도벽 사건에 휘말렸다. 학교에서 몇 번이나 같은 반 아이들 물건을 훔치다 걸려 처벌을 받았다. 한 아이 핸드폰을 훔쳤을 때는 명자 아줌마가 학교로 불려 갔다. 명자 아줌마는 엄마에게 고민 상담을 자주 했다. 그때마다 엄마는 기수에게 호민을 잘 설득해 도벽을 고치게 해 달라고 말했다. 기수는 학교에서 호민을 만나 얘기를 해 보려고 했다. 하지만 호민은 기수를 피했다. 그때의 호민은 쫓기고 있는 사람처럼 불안해 보였다.

호민이 퇴학을 당했다는 소식은 학교 게시판을 보고 알았다. 호민을 한번 찾아가 보라는 엄마 말에도 차일피일 미뤘다. 다른 일도 아니고 도둑질을 하다 걸려서 잘렸다는데, 위로를 해 주고 싶은 마음이 없었다.

그렇게 잊고 지냈다. 2학년에 올라간 뒤에는 호민이라는 존재 자체를 잊었다. 그러던 5월 어느 날, 호민은 싸늘한 주검으로 발견됐다. 욕실에서 목을 맸다고 했다. 한밤중에 명자 아줌마한테서 온 전화를 받은 엄마는 아이고, 어떡해, 어떡하냐, 명자야, 하고 통곡했다.

호민의 장례식은 초라했다. 그 흔한 조화弔花도 한 송이 없었다. 장례식장에서 명자 아줌마가 퉁퉁 부은 얼굴로 허물어질 것처럼 주저앉아 울었고, 호민 아빠는 굳은 얼굴로 조문객들을 맞았다. 호민은 침통한 부모와 달리 영정 사진 속에서 활짝 웃고 있었다. 평소에 불안하고 초조해 보였던 호민과는 전혀 다른 웃는 얼굴이 기수에게는 낯설었다. 그때까지만 해도 기수는 호민의 죽음이 안타까웠지만 어쩔 수 없는 일이라고 생각했다.

몇 달 뒤, 명자 아줌마가 몇 년을 한꺼번에 늙어 버린 것 같은 모습으로 나타났다. 얼굴에는 수심이 가득했고, 머리카락은 반백으로 변해 있었다. 명자 아줌마는 기수에게 공책 한 권을 내밀었다. 호민의 방을 정리하다 책상 서랍에서 나왔는데 도저히 읽을 수가 없어서 가져왔다고 했다.

"넌 호민이랑 제일 친했으니까 네가 읽어 봐."

제일 친했다는 말에 기수는 뜨끔했다. 호민을 한 번도 친한 친구라고 생각해 본 적이 없었으니까. 하지만 생각해 보면 호민이 친한 친구였던 거 같기도 했다. 호민만큼 오래 봐 온 친구는 없었으니까. 너무 익숙해서 익숙한 느낌마저 갖지 못한 그런 관계랄까.

일기는 고등학교에 입학한 날 시작해서 그다음 해 5월 5일, 어린이날에 멈춰 있었다. 기수는 일기를 읽는 내내 먹먹한 충격에서 빠져나오지 못했다.

기수는 학교 익명 게시판에 글을 쓰기 시작했다.

> 저는 〈유령〉을 쓴 3학년 2반 송기수입니다.
>
> 〈유령〉은 이 학교에서 실제 일어난 일을 바탕으로 쓴 소설입니다. 소설에 등장하는 '걸'과 '개'는 실존 인물입니다. 걸이 누군지는 여러분 상상에 맡깁니다. 개는 제 친구 문호민입니다. 저는 진실을 세상에 알려야겠다고 생각해서 이 소설을 썼습니다.

기수가 올린 글 때문에 익명 게시판이 발칵 뒤집혔다. 새벽까지 계속 글이 올라왔다. 소설 속 인물을 알아맞히던 아이들은 학교에 오자마자 서로 자기가 알아맞혔다며 흥분했다. 게임이 너무 싱겁게 끝나서 아쉽다는 아이도 있었다.

기수가 복도에 나타났을 때, 누가 소리쳤다. 앗, 가온이다. 복도에 있던 아이들은 물론 교실에 있던 아이들까지 기수 주위로 몰려들었다. 아이들이 기수를 향해 박수를 쳤다. 엄지손가락을 위로 척 올리는 아이도 있었고, 손가락을 입술에 대고 입바람을 부는 아이도 있었다.

기수가 교실로 들어가자 환호성이 터졌다. 아이들은 책상을 두드리거나 기립 박수를 치거나 휘파람을 부는 등 다양한 방식으로 기수를 환영했다. 반 아이들 중에서 유독 잉걸만 조용했다. 잉걸은 무심한 표정으로 문제집을 풀고 있었다. 기수가 잉걸 옆을 지나갈 때, 잉걸이 고개를 들었다. 기수와 잉걸의 눈이 마주쳤다. 아이들의 환호성이 멈췄고, 둘 사이에 팽팽한 긴장감이 돌았다. 잉걸은 속을 알 수 없는 미묘한 표정으로 기수를 올려다보았다. 기수 입가에는 야릇한 미소가 떠올랐다. 교실은 침 넘어가는 소리조차 들리지 않을 만큼 고요했다. 몇 초간 눈이 마주친 두 사람은 거의 동시에 고개를 돌렸다. 잉걸은 책상에 있는 책으로 고개를 숙였고, 기수는 자기 자리로 걸어갔다. 팽팽했던 공기가 갑자기 느슨해졌다.

누군가 소리쳤다.

"가온 파이팅!"

그 말을 신호로 아이들이 다시 일제히 박수를 쳤다. 기수가 자리에 앉기도 전에 반장이 다가와 상담실로 내려오라는 임꺽정의 말을 전했다. 기수는 곧장 상담실로 내려갔다.

임꺽정은 상담실에서 기수를 기다리며 어젯밤 일을 떠올렸다. 밤늦게 박 선생한테서 문자가 왔다. 지금 바로 학교 홈페이지 익명 게시판을 확인하라는 내용이었다. 임꺽정은 기수가 쓴 글을 읽고 한동안 머리를 망치로 맞은 것처럼 멍했다. 수많은 생각이 스치고 지나갔다. 그동안 학교에서 있었던 박잉걸과 관련된 일들. 박잉걸 생활기록부에 기록되어 있는 의심스러운 수상 기록들. 1학기 때 기수가 언급했던 〈설공찬전〉과 소설 〈유령〉의 내용. 최근 은별과 나눴던 대화까지. 복잡한 퍼즐을 맞추듯 하나하나 생각을 정리하다 보니 차차 그림이 드러났다.

임꺽정은 사실 〈유령〉을 읽고 난 뒤부터 불현듯 기수

가 떠오르기도 했다. 이 학교에서 그런 글을 쓸 필력을 갖춘 아이는 기수밖에 없다고 생각했다. 하지만 임꺽정은 그 의심을 지워 버리려고 애썼다. 기수가 가온일 때 일어날 수 있는 일을 상상하기조차 싫었다.

기수는 진실을 세상에 알려야겠다는 이유로 자신이 〈유령〉을 썼다고 글에 적었다. 이제는 싫어도 인정해야만 했다. 임꺽정은 기수를 이해하려 애썼다. 친구의 억울한 죽음을 알리고 싶었을 것이다. 그런데 왜 기수는 스스로 자신의 정체를 드러낸 걸까? 임꺽정이 복잡한 생각에 잠겨 있을 때, 기수가 상담실로 들어왔다. 임꺽정은 평소답지 않게 긴장해서 하마터면 자리에서 일어날 뻔했다. 기수는 임꺽정 맞은편에 앉았다.

임꺽정은 한동안 아무 말도 하지 않고 초조한 낯빛으로 다리를 달달 떨며 볼펜으로 책상을 톡톡톡 두드렸다. 톡, 토톡, 톡톡. 볼펜 소리가 상담실 안에 가득 찼다. 볼펜 소리는 상대의 응답을 기다리는 모스부호 같았다. 임꺽정은 마침내 볼펜을 내려놓고 진지한 얼굴로 기수를 바라보았다.

"기수야."

"네."

"왜 그랬니?"

김동욱도 스스로를 고발했다. 임꺽정은 그 이유가 박잉걸을 향한 증오 때문이라고 생각했다. 그날 김동욱의 눈빛은 증오로 가득 차 있었고, 학교를 떠날 때는 냉소가 가득했다. 하지만 기수는 박잉걸에게 증오를 느낄 만한 이유가 없었다. 물론 친구가 안타깝게 죽은 건 사실이지만 그 이유 때문에 졸업을 앞두고 이런 일을 벌였다는 걸 도저히 납득할 수 없었다. 기수는 눈을 반쯤 내리깔고 말없이 앉아 있었다.

"왜 그런 글을 쓴 거냐고 묻는 거다."

기수가 임꺽정을 바라보았다. 임꺽정은 기수 눈을 똑바로 볼 수가 없었다. 상담실에서 기수와 마주한 그 순간부터 이상한 부끄러움이 얼굴을 뜨겁게 만들었다.

마침내 기수가 입을 열었다.

"저한테 쪽팔리기 싫었습니다."

"뭐?"

"죽은 내 친구 호민이가 증인이고, 지금도 수많은 증인이 있는데 이대로 보고만 있을 수가 없었습니다."

"학교 졸업하고 써도 되잖아."

"그때는 아무도 이 일에 관심을 갖지 않을 겁니다. 지금 터뜨리지 않으면 아무 의미가 없습니다."

임꺽정은 언젠가 은별이 했던 말을 떠올렸다. 아이들은 지금 게임을 하듯 〈유령〉 찾기 놀이를 하고 있다고. 심지어 게시판에서도 퀴즈 배틀을 하듯 실존 인물 알아맞히기가 유행했다. 화제를 끌기 위한 것이라면 기수 생각이 옳았다. 임꺽정이 부임한 이래 지금처럼 학교가 시끄러웠던 적은 없었으니까.

"그래, 좋아. 거기까진 그렇다고 쳐. 근데 왜 네가 가온이라는 걸 지금 밝힌 거야? 침묵하고 있어도 되잖아."

"가면 뒤에 숨을 생각, 애초부터 없었습니다."

임꺽정은 기수의 당당함에 당황했다.

"그럼 처음부터 실명을 밝힐 생각이었니?"

"네."

"이유는?"

"이유 같은 건 없습니다."

"대학은 가야 할 거 아냐."

기수는 말이 없었다. 고3에게 대학이라는 단어는 아킬레스건이다.

"못 가도 상관없습니다."

"뭐?"

"대학은 제 삶의 목표가 아닙니다."

"네 미래를 저당 잡힐 만큼 이 일이 그렇게 가치가 있었니?"

"이 일이 제 미랠 저당 잡는다고 생각하지 않습니다."

내가 아는 송기수가 이렇게 고집불통이었나? 임꺽정은 하, 하고 한숨을 내쉬었다. 이 사회가 하고 싶은 거 다 하면서 살아도 될 만큼 그렇게 만만한 곳인 줄 아느냐, 대학을 나오지 않으면 인간 취급도 못 받는 게 바로 이 사회란 말이다, 너처럼 그렇게 감상적인 생각을 갖고 있으면 굶어 죽기 딱 좋다, 라는 잔소리가 목구멍까지 올라왔지만 꾹 참았다.

"학교는 물론 잉걸이 부모님도 가만있지 않을 텐데."

"이미 각오하고 시작한 일입니다."

기수는 단호했다. 임꺽정은 기수에게서 자신의 학창시절을 보는 것 같았다. 고등학교 3학년 때, 임꺽정은 교장의 비리를 폭로하는 대자보를 붙였다. 아이들을 선동해서 교장 퇴진 운동도 벌였다. 학교에서 엄청난 회유와 협박이 있었다. 학교장 추천서를 써 주겠다는 달콤한 제의도 있었고, 당장 퇴학을 시키겠다는 협박도 있었다. 그래도 임꺽정은 교문 앞에서 1인 시위를 계속했고, 열심히 대자보를 붙였고, 아이들을 선동했다. 그때 임꺽정 역시 기수처럼 대학에 못 가도 상관없다고 생각했다. 정의를 바로 세우는 일이 대학보다 더 중요하다고 생각했으니까. 온갖 협박에도 변하지 않던 신념이 한순간에 꺾인 건 아버지 때문이었다.

아버지가 임꺽정이 보는 앞에서 교장에게 무릎을 꿇고 빌었다. 자식 교육을 잘못해 죄송하다고 말하며 아버지는 눈물을 흘렸다. 그 눈물 앞에 모든 게 무너졌다. 임꺽정은 시위와 선동을 멈추고 교실로 돌아갔다. 그리고 아버지 바람대로 교사가 됐다.

그때 신념을 꺾지 않았다면 어떻게 됐을까. 고등학교를 졸업한 후, 한 번도 그런 생각을 해 본 적이 없었는데 기수를 보니 갑자기 그때가 떠올랐다. 만약 그때 신념대로 대학에 가지 않고 불의에 맞서 싸웠더라면 지금 어떤 모습으로 살아가고 있을까.

임꺽정은 기수의 고집을 꺾을 수 없었다. 아니, 그 누구도 확신에 차 있는 지금의 기수를 설득할 수는 없을 것 같았다. 기수를 이길 수 있는 사람은 오직 기수 자신밖에 없었다. 임꺽정은 기수에게 경위서를 쓰게 했다. 기수는 상담실에 앉아 경위서를 썼다.

17

학교는 겉으로는 다른 날과 다름없이 평온했다. 수업을 시작하는 종이 울렸고, 수업을 끝내는 종이 울렸다. 점심시간이 시작됐고, 점심시간이 끝났다. 조용한 수업과 시끌벅적한 쉬는 시간이 반복되면서 하루 일과가 규칙적으로 흘러갔다. 하지만 3학년 2반 교실만큼은 예외였다. 오후가 되자 아침에 기수에게 기립 박수를 쳤던 분위기와는 전혀 다른 분위기로 교실이 술렁거렸다. 수시에 초점을 맞춘 이른바 '내신파'가 술렁거림의 주범이었다. 내신파가 박잉걸을 성토했다.

"대리 시험이나 대리 대회 참가도 있는지 조사해야 돼."

"어쩌면 시험지를 빼돌려서 성적이 좋은지도 몰라."

"그 많은 상을 혼자 휩쓴 것도 말이 안 돼."

"우리 언니가 박잉걸 누나랑 같은 학원 출신인데 평소 실력이 형편없었대. 그런데도 명문대에 간 거 보면 뭔가 비리가 있어."

아이들은 핸드폰으로 여기저기에 문자를 전송했다. 부모에게 이 사실을 알리는 아이도 있었고, 다른 학교에 다니는 친구에게 전하는 아이도 있었다. 아이들은 〈유령〉이 처음 나왔을 때처럼 SNS에도 관련 내용을 퍼 날랐다. 말이 옮겨 가는 과정에서 '시험지를 빼돌렸을지도 모른다.'는 말이 '시험지를 빼돌렸다.'라는 말로 바뀌었고, '누군가 박잉걸 대리로 미술 대회에 참가했을지도 모른다.'는 말이 '누군가 박잉걸을 대신해 미술 대회에 참가해서 대상을 받았다.'로 둔갑했다. 단톡방은 불이 났고, 소문은 눈덩이처럼 계속 불어났다.

그 시간, 두 명의 중년 여자가 각각 학교에 도착했다. 한 명은 검은색 고급 세단을 타고 정문으로 들어왔고, 한 명은 버스에서 내려 걸어서 쪽문으로 들어왔다. 정문으로 세단을 타고 들어온 사람은 잉걸 모친인 은 여사였고, 쪽문으로 걸어 들어온 사람은 기수 모친인 정 여사였다.

은 여사는 곧장 교장을 만나러 교장실로 갔고, 정 여사는 임꺽정을 만나러 교무실로 갔다. 교장은 문 앞까지 나와서 은 여사를 맞이했다. 은 여사가 다짜고짜 물었다.

"어디 있어요?"

교장 옆에 서 있던 교무부장이 은 여사를 상담실로 안내했다. 둥근 탁자가 놓여 있는 상담실에는 기수 혼자 앉아 있었다. 상담실 문이 열리고 은 여사와 교무부장이 들어왔다. 기수가 엉거주춤 일어나자 교무부장이 기수를 가리켰다.

"저기 저 학생입니다."

은 여사는 곧장 기수에게 걸어가 온몸의 힘을 손바닥에 실어 기수 뺨을 갈겼다. 기수 몸이 휘청거렸다. 왼쪽 뺨에 손가락 자국이 선명했다. 교무부장이 깜짝 놀라 은 여사 팔을 잡았다.

"어머니, 이러시면 안 됩니다."

은 여사는 교무부장 팔을 뿌리치고는 기수 뺨을 또 한 대 때렸다. 뺨에 빨간 손바닥 자국이 났다. 은 여사는 그러고도 분이 풀리지 않았는지 욕설을 퍼붓기 시작했다.

"네까짓 게 감히 우리 잉걸이를 건드려? 잉걸이 발톱 때만도 못한 새끼가 감히?"

기수는 두 눈을 똑바로 뜨고 은 여사를 노려보았다. 은 여사가 다시 손을 번쩍 쳐올렸다. 기수는 피하지 않았다.

"잠깐만."

문 쪽에서 다급한 목소리가 들렸다. 은 여사는 손을 쳐든 채 고개를 돌렸다. 문 앞에 허름한 차림을 한 여인이 서 있었다. 정 여사였다. 그 옆에는 임꺽정이 놀란 얼굴로 서 있었다.

정 여사는 천천히 은 여사에게 걸어갔다. 다리는 바르르 떨고 있었지만 서두르지 않고 절도 있게 걸었다. 그 걸음은 팽팽한 긴장감이 감도는 링 위에서 상대를 눈빛 하나로 압도하는 파이터의 안정된 자세 같았다. 오히려 당황하고 놀란 쪽은 은 여사였다. 은 여사는 한눈에 지금 걸어오는 저 초라하기 짝이 없는 여자가 이 거지 같은 학생의 엄마라는 사실을 알아차렸다. 정 여사는 은 여사 앞까지 걸어와서 은 여사의 두 눈을 똑바로 바라보았다.

"법정에서 만납시다. 선처는 없습니다."

은 여사가 뭐라고 말하려 했지만 정 여사는 무시한 채 기수에게로 걸어갔다. 기수는 정 여사를 보자 고개를 푹 숙였다. 정 여사는 기수의 벌겋게 부풀어 오른 뺨을 쳐다보고는 애써 담담한 표정을 지었다.

"집에 가자."

정 여사가 기수 손을 잡고 걸어갔다. 은 여사가 무슨 말을 하려고 했지만 요란한 소리를 내며 닫히는 문 때문에 아무 말도 할 수 없었다.

18

교실에서 소동이 일어났다. 소동을 일으킨 아이는 진원이었다. 진원이 잉걸을 매섭게 노려보았다.

"왜 돈도 안 주고 심부름을 시키는 건데?"

잉걸은 어이가 없다는 표정으로 진원을 빤히 바라보았다. 지금까지 진원은 단 한 번도 잉걸에게 대든 적이 없었다. 입 안의 혀처럼 곰살갑게 굴던 진원이 갑자기 돌변해 버린 거다. 잉걸은 주머니에서 만 원짜리 한 장을 꺼내 진원 앞에 던졌다. 돈이 팔랑거리며 바닥에 떨어졌다.

"됐냐?"

진원이 주먹을 쥐었다.

3학년에 올라오고 얼마 지나지 않은 어느 날, 잉걸이 갤럭시에 들어오지 않겠느냐고 물었을 때 진원은 자기

귀를 의심했다. 갤럭시에 들어오라니. 진원이 "내가 그럴 자격이 있어?"라고 묻자 잉걸은 "너 정도면 충분하지."라고 했다. 너 정도면 충분하지, 라는 말에 진원은 자부심이 차올랐다. 그래, 나 정도면 충분하지.

갤럭시 멤버가 된 첫날, 신고식이라며 잉걸이 술심부름을 시켰을 때까지만 해도 몰랐다. 갤럭시에서 자신이 어떤 신분인지를. 시간이 지나면서 진원은 자신이 네 명의 귀족들 뒤치다꺼리나 하는 노예 신분이라는 것을 깨달았다. 하지만 진원은 평민으로 사는 것보다 귀족들 틈에서 노예로 사는 것에 더 만족했다. 적어도 바깥에서 보기에는 다 같은 귀족으로 보였으니까.

진원은 〈유령〉을 읽기 전까지 갤럭시 생활에 불만이 없었다. 갤럭시 멤버들과 다니면 권력이 생겼다. 누군가에게 괴롭힘을 당할 일도 없었고, 아이들은 오히려 자신을 두려워했다. 여자아이들한테 인기도 있었다. 그 권력은 꿀처럼 달콤했다.

하지만 〈유령〉 속 '개'와 자신의 모습이 겹쳐지면서 참을 수 없는 분노가 솟구쳤다. 순식간에 세계를 건너뛴 것처럼 생각이 달라졌다. 부끄럽고 참담했다. 잉걸을 멀리하려고 마음먹고 있었는데 잉걸이 콜라를 사 오라고 심부름을 시키자 감정이 폭발하고 말았다.

진원은 바닥에 떨어진 만 원짜리 지폐를 발로 밟았다.

"이게 사람을 뭐로 보고."

진원이 갑자기 주먹을 잉걸 턱으로 날렸다. 주먹을 맞은 잉걸이 휘청거렸다. 곧이어 진원이 잉걸 배를 걷어찼다. 잉걸이 다시 힘없이 휘청거리며 넘어졌다.

"좆만 한 새끼가."

진원은 넘어져 있는 잉걸을 씩씩거리며 내려다보았다. 아이들이 박수를 치자 진원은 더 기세가 등등해졌다.

"내가 그렇게 만만하냐? 나도 죽일래? 이 살인자야."

아이들이 환호성을 질렀다. 그때 교실 안으로 갤럭시 멤버들이 쳐들어왔다. 멤버들은 곧장 진원에게 달려가 주먹을 날렸다. 그러고는 인정사정없이 진원을 팼다. 아이들이 겁에 질려 어쩔 줄 몰라 하는 동안 잉걸이 일어나 쓰러져 있는 진원 머리를 발로 짓이겼다.

지금까지 구경하고 있던 아이들이 갤럭시 멤버들을 빙 둘러쌌다. 그러더니 약속이나 한 듯 일제히 갤럭시 멤버들을 공격하기 시작했다. 열 명이 넘는 남자아이들과 네 명의 갤럭시 멤버들 간에 패싸움이 시작됐다. 진원도 자리에서 일어나 싸움에 가세했다. 교실에는 책상과 의자가 날아다니고, 유리창이 깨지고, 여자아이들 비명 소리로 아수라장이 됐다.

3학년 2반 남학생 거의 전부가 싸움에 가담했다. 싸움을 한 아이들의 부상은 심하지 않았다. 진원만 코피가 터져 양호실에서 치료를 받았을 뿐 다른 아이들은 가벼운 타박상과 찰과상 정도에 그쳤다. 교실은 깨진 유리창과 부서진 책걸상이 뒤엉켜 난장판이었다.

임꺽정은 아이들을 진정시켰다. 책상과 의자를 바로 세우고, 깨진 유리창을 치웠다.

“하.”

임꺽정은 무거운 한숨을 내뱉었다. 교사 생활을 하면서 요즘처럼 힘든 시기가 없었다. 늘 크고 작은 사건이 일어나긴 했지만 이렇게 학교 안팎이 시끄러울 만큼 큰 사건은 처음이었다.

“너희한테 실망했다. 지금 수능이 코앞인데 싸움질이나 하고 있을 때냐? 일분일초가 아까운 이 시기에?”

제법 바른말을 잘하는 승훈이 임꺽정 말을 막았다.

“저는 선생님한테 실망했습니다.”

“할 말 있으면 일어나서 해라.”

승훈이 일어났다.

"우리는 들러리가 아닙니다."

"누가 너희한테 들러리라고 했니?"

승훈이 건너 분단에 앉은 박잉걸을 바라보며 말했다.

"우리 반에 최상층 귀족이 살고 있다는 거, 선생님도 알고 계시잖아요."

아이들이 박잉걸을 바라보았다. 박잉걸은 눈 하나 깜짝하지 않고 앞을 보고 있었다. 승훈이 계속 말했다.

"그 귀족은 온갖 혜택을 다 보고 있습니다. 이래도 저희가 참고 있어야만 합니까?"

임꺽정이 싸늘한 눈빛으로 말했다.

"그건 확인되지 않은 헛소문일 뿐이다."

아이들은 임꺽정에게 야유를 퍼부었다. 임꺽정은 손바닥으로 교탁을 탁탁 쳐서 아이들을 조용히 시켰다.

"너희들이 원하는 게 뭐니?"

이번에는 박잉걸과 1등을 다투는 시윤이 말했다.

"박잉걸이 받은 특혜가 무엇인지 모조리 파헤쳐서 원래 상태로 되돌려 놓으시면 돼요. 박잉걸 때문에 피해를 입은 선량한 학생들을 구제해 주세요."

"하."

임꺽정은 절로 한숨이 나왔다. 이것이 기수가 바라는

것이었을까? 임꺽정은 기수를 바라보았다. 기수는 굳은 표정으로 앞을 바라보고 있었다. 이번 싸움에 기수는 가담하지 않았다.

"그건 내가 어떻게 할 수 있는 문제가 아니란다. 또 모든 일에는 절차라는 게 있다. 이 문제는 학교 측에 맡기고 너희는 공부에만."

임꺽정의 말이 끝나기도 전에 아이들이 엄지손가락을 아래로 내린 채 또다시 임꺽정에게 야유를 퍼부었다.

"선생님들도 공범입니다."

야유가 점점 커지면서 앞에 앉아 있던 한 아이가 책을 집어 던졌다. 그러자 뒤에 있던 아이들도 책과 참고서 등을 집어 던졌다. 볼펜 하나가 로켓처럼 날아가 임꺽정 머리에 맞고 바닥으로 떨어졌다. 임꺽정은 태연해지려고 애썼다. 괜히 아이들을 흥분시키면 더 크게 폭발할지도 모른다는 두려움이 컸다. 그러나 임꺽정의 노력에도 소동은 오히려 더 커졌다. 뒷자리에서 가방이 천장으로 솟구쳤다 떨어졌다. 그러자 다른 아이들도 가방을 집어 던졌다. 몇몇 아이는 책상 위에 올라가 발로 책상을 쿵쿵 밟으며 야유를 퍼부었다. 야유를 뚫고 성난 아이들 목소리가 들려왔다.

"이게 학교냐?"

"다 끝장내자."

임꺽정은 이성을 잃은 아이들을 보며 생명의 위협까지 느꼈다. 결국 학교 보안관과 학생부 선생들이 달려와 사태를 진정시켰다.

교무부장은 은 여사의 고소 건으로 신경이 날카롭게 곤두서 있었는데 3학년 2반 폭력 사건까지 맞물리자 머리가 터질 지경이었다. 부장은 폭력을 휘두른 학생들을 모두 학폭위에 넘기겠다고 광분했다.

교감은 이 모든 소란의 근원이 바로 3학년 2반이라며 임꺽정의 무능력을 질타했다. 그는 〈유령〉이 현재 얼마나 끔찍한 결과를 가져왔는지 두 눈이 있으면 똑똑히 보라고 임꺽정에게 손가락질까지 하며 소리쳤다. 오직 학업에만 모든 에너지를 쏟아야 할 우리 선량한 학생들이 그 불온서적 때문에 미쳐 간다면서 절대 송기수를 용서하지 않겠다고 열을 올렸다.

"그 새끼 당장 퇴학시켜요."

교감이 학생부장에게 소리쳤다. 학생부장은 송기수의 행위가 과연 교칙에 어긋나는지 좀 더 살펴볼 필요가 있다고 말했다가 교감의 닥치라는 호통을 들어야 했다.

며칠 뒤, 학폭위가 열렸다. 학폭위 대상은 불온 유인물을 유포해서 박잉걸 명예를 훼손시킨 혐의로 송기수, 교실 내에서 패싸움을 일으킨 이진원과 박잉걸을 비롯한 갤럭시 멤버들, 그리고 폭력에 가담한 학생들이었다. 학폭위가 열린 회의실은 가해 학생들과 피해 학생, 학부모, 자치 위원들로 북적였다. 개교 이래 이렇게 많은 사람이 학폭위에 참석한 것은 이번이 처음이었다.

교장은 송기수가 확인되지 않은 허위 사실을 글로 써서 박잉걸에게 씻을 수 없는 피해를 입혔기 때문에 엄중한 처벌을 받아 마땅하다고 말했다. 학폭위에 참석한 위원들은 만장일치로 송기수에게 무기정학 처분을 내리는데 동의했다. 폭력에 가담한 학생들에게도 처벌이 내려졌다. 폭력을 주도한 이진원에게는 무기정학을, 이진원과 함께 폭력에 가담한 학생들에게는 일주일의 유기정학이 내려졌다. 갤럭시 멤버들에게는 폭행 가담 정도가 약하다는 이유로 교내 봉사 다섯 시간의 처분이 내려졌다. 박잉걸은 양쪽에서 피해를 입은 피해자이므로 심리 상담과 일시 보호 등의 피해 학생 보호 프로그램을 받으라는 처분을 받았다.

누가 봐도 편파적인 처벌이었다. 학생들과 학부모들은

거칠게 항의했다. 회의실은 항의를 하는 학부모들 때문에 아수라장이 됐다. 그러나 교장의 태도는 단호했다. 학교법에 따라 학폭위가 정당하게 결정했으므로 결정을 돌이킬 수 없다고 쐐기를 박았다. 결국 3학년 2반 학생들 중 열네 명이 처벌을 받았다. 대입 수시 접수를 앞두고 벌어진 초유의 사태였다.

교장 이름으로 가정통신문이 발송됐다. 지금 이 시간 이후 학교에 관한 거짓 소문을 퍼뜨리거나 학습에 방해가 되는 행위는 일절 금한다며 학부모들은 자녀가 불이익을 당하지 않도록 시위를 자제해 달라는, 거의 협박에 가까운 내용이었다. 가정통신문은 일종의 경고장처럼 보였다.

학교 익명 게시판은 폐쇄되었다. 학교에 휴대폰을 들고 오는 것도 금지되었다. 학부모의 학교 방문도 금지했다. 학교장의 허락 없이는 외부인 중 그 누구도 학교에 들어올 수 없다는 경고문까지 수위실 벽에 붙었다.

다음 날, 조회 시간에 교실로 들어간 임꺽정은 깜짝 놀랐다. 아이들은 검은색으로 엑스 자가 표시된 흰 마스크를 쓰고 있었다. 유일하게 마스크를 쓰지 않은 아이는 박잉걸뿐이었다.

"어떻게 된 거야?"

임꺽정이 물어도 아이들은 말이 없었다. 군데군데 빈 자리가 보였다. 무기정학을 받은 기수와 진원을 포함해 유기정학을 받고 상담실에서 반성문을 쓰고 있는 열네 명의 아이들 자리였다. 교실 분위기가 어수선했다. 임꺽정은 반장을 일으켜 세웠다. 반장은 마스크를 쓴 채 당당하게 말했다.

"저희는 수업을 거부하기로 결의했습니다."

"왜?"

"설마 몰라서 물어보시는 거예요?"

"얘들아."

임꺽정이 뭐라고 말하기도 전에 반장이 말했다.

"우리는 모든 수업을 거부합니다."

아이들은 반장이 자리에 앉자 일제히 의자를 돌려 앉았다. 모두 뒷벽을 보고 있는데 박잉걸만 유일하게 칠판을 보고 앉아 있었다. 박잉걸은 비웃는 얼굴로 임꺽정을 빤히 쳐다보았다.

3학년 2반 교실에 들어간 교사들은 종일 수업을 하지 못했다. 교사들이 호통도 치고 설득도 해 봤지만 아이들은 돌아앉은 채로 꼼짝도 하지 않았다. 학생들의 수업 거부 소식은 SNS에 실려 눈 깜짝할 사이에 퍼져 나갔다.

몇몇 기자가 교문 앞에 와서 취재를 요청했다. 하지만 기자들은 교문 안으로 들어올 수 없었다. 교장의 명을 받은 학교 보안관이 단 한 명의 외부인도 학교 안으로 들어오지 못하도록 막았다. 전직 경찰 출신인 학교 보안관은 이제야 자기에게 가장 적합한 일을 찾은 듯 다소 고압적인 태도로 외부인의 출입을 통제했다.

창밖으로 교문을 내다보던 교장은 당혹한 표정을 감추지 못했다. 〈유령〉을 쓴 범인만 잡으면 모든 게 끝날 줄 알았는데 그게 아니었다. 연이어 폭력 사건이 일어났고, 폭력을 휘두른 학생들을 학교 규칙에 따라 처벌하자 학생들이 수업을 거부했고, 이제는 기자들까지 몰려왔다. 산 하나를 넘으니 더 높은 산이 있고, 그 산을 다 넘기도 전에 눈앞에 거대한 산맥이 가로놓여 있는 꼴이었다.

교장은 교감과 부장 교사들을 불러 긴급회의를 열었다. 교무부장이 기사 하나를 클릭했다. 제목은 '비리 백화점 H고의 실체를 파헤친다!'였다. 그 기사를 올린 곳은 울릉도에 있는 〈올빼미뉴스〉라는 신문사였다. 교장은 깜짝 놀랐다. 그렇다면 벌써 기사화가 됐단 말인가?

그건 그렇고 비리 백화점이라니. 이건 분명 허위 보도다. 교장은 이를 으드득 갈았다.

신문 기사는 요즘 SNS를 뜨겁게 달구고 있는 한 고등학교의 비리 실태를 밀착 취재 했다는 문장으로 시작됐다. 기사는 학교 운영 위원장인 E씨의 딸 P양의 학생부가 조작되었으며, 부당한 방법으로 학교장 추천서를 받아 명문대에 입학한 의혹이 있다고 적혀 있었다. 또한, E씨는 둘째 아들 P군 대신 다른 학생에게 대리 봉사활동을 시킨 의혹이 있으며, 관계자 말을 빌리자면 P군은 각종 부정한 방법으로 교내 상을 휩쓴 의혹이 있다고도 했다. 현재 E씨는 이 학교 학생에게 폭행죄로 고소당한 상태라는 말도 함께 적혀 있었다. 이에 덧붙여 기사는 이 학교 Y교장의 딸이 E씨 남편이 중역으로 있는 대기업에 특채로 입사했다고 했다. 이 일로 지금 P군이 다니고 있는 3학년 학급은 수업 거부를 하고 있으며, 점차 다른 학급과 1, 2학년으로까지 수업 거부가 확산되고 있다고 전했다.

교무부장은 다른 기사를 클릭했다. 중앙 일간지에 올라온 인터넷 기사였는데 이 기사에는 수업을 거부하고 있는 학생들 사진도 실려 있었다. 얼굴이 희미하게 모자이크 처리가 되어 있지만 아이들이 입고 있는 교복은 분명히 H고였다.

기사를 읽던 교장 얼굴이 붉어졌다. 교장실에 무거운 적막이 흘렀다. 어느 누구도 선뜻 입을 열지 못했다. 교장은 어금니를 계속 깨물고 있어 이가 턱 밖으로 튀어나올 지경이었다. 교감은 안절부절못했고, 부장들은 숨소리도 내지 않고 가만히 앉아 있었다. 적막을 깬 사람은 교감이었다.

"누가 제보한 걸까요?"

교장이 버럭 소리쳤다.

"그럼 이 기사 내용이 사실이란 말이오?"

"아니, 그런 뜻이 아니라."

"이거 모두 날조 기사예요. 여기 기사에도 다 의혹이라고 적혀 있지 않습니까?"

머쓱해진 교감이 교무부장에게 짜증을 냈다.

"그건 그렇고 이 부장은 여태 뭘 했길래 사태가 이 지경이 되도록 못 막았습니까?"

교무부장이 침통한 표정으로 말했다.

"죄송합니다. 워낙 많은 일이 순식간에 터져서."

다른 부장들은 불똥이 자기들에게도 튈까 봐 잔뜩 몸

을 웅크렸다. 교감이 교장에게 말했다.

"허위 기사를 쓴 신문사 모두 고소할까요?"

교장이 애써 담담한 표정으로 말했다.

"이미 둑은 터졌어요. 우리가 터진 둑을 막을 수는 없습니다. 물이 다 쏟아질 때까지 기다려야 합니다. 물론 큰 피해를 입겠지요. 하지만 어쩌겠습니까? 막으려고 했다가는 괜히 더 큰 화를 당해요. 대신 아이들 입단속을 단단히 시키세요."

교무부장이 머리를 조아리며 말했다.

"사태가 더 확대되지 않도록 최선을 다해서 막겠습니다, 교장 선생님."

교장이 한마디 덧붙였다.

"최대한 시간을 끌어요. 아이들 졸업만 무사히 시키세요. 그럼 금세 다 잊힙니다."

교문 안에 있는 모든 사람에게 함구령이 내려졌다. 담임들은 교장의 명령을 아이들에게 전했다. 아이들은 교문 밖으로 나가는 순간, 교문 안에서 있던 어떤 일도 발설해서는 안 됐다. 만약 학교에서 있었던 일을 인터넷에 퍼 나르거나 기자들과 인터뷰를 하게 되면 벌점을 받으리라는 경고를 받았다. 심할 경우, 선도 위원회를 열어

엄한 처벌을 내릴 것이라는 협박도 들었다. 교사들도 예외는 아니었다. 교장은 학교 안에서 있던 일을 발설했다가는 감봉이나 각종 불이익을 당할 것이고, 그 밖에 학교 안에서 일하는 계약직 직원들은 계약 해지까지 당할 각오를 해야 한다고 경고했다.

교문을 나서는 순간, 누구라도 스스로 입에 재갈을 물려야 했다.

19

기수는 학교에 다닐 때와 다름없이 집에서 나와 시립 도서관으로 갔다. 학교 수업을 듣지 못하는 대신 도서관에서 인터넷 강의를 들었다. 기수가 도서관에 도착했을 때 카톡이 왔다.

— 수업 거부 중.

마스크를 쓰고 앉아 있는 3학년 2반 아이들 모습이 찍힌 사진도 함께 왔다. 카톡을 보낸 사람은 반장이었다.

— 신문에도 실렸어. 기사 검색해 봐.

기수는 인터넷 기사를 검색했다. 기사가 수없이 나왔다. 수업 거부를 하는 3학년 2반 아이들이 모자이크 처리가 된 채 실린 기사도 있었다. 듣도 보도 못한 인터넷 신문사에서 낸 기사를 베낀 기사도 있었다. 그때 또 카톡이 왔다.

— 교육청 감사관들 들이닥침.
— 화력 끝내준다.
— 이제 다 죽었어.

기수는 카톡을 보낸 반장과 친구들에게 일일이 답장을 보냈다.

— 수고했어. 시험 잘 봐.

기수에게는 친구가 있었다. 그중에는 반장처럼 귀족에 속하는 아이도 있었고, 반에서 꼴찌를 도맡아 하는, 노예에 속하는 아이도 있었다. 하지만 기수 친구들 사이에는 계급 자체가 존재하지 않았다.

기수가 〈유령〉을 써서 박잉걸의 비리를 세상에 알릴

때도 친구들이 함께했다. 단톡방에 박잉걸의 비리를 폭로하겠다는 얘기를 처음 꺼냈을 때, 대부분의 친구가 반대했다. 특히 친한 친구인 반장의 반대가 가장 심했다.

— 그러다 너만 다쳐. 걸리면 퇴학당할지도 몰라.

기수는 담담하게 대꾸했다.

— 나는 내 방식대로 살 거야.

친구들은 기수가 추구하는 삶의 방식을 존중한다는 의미에서 기수를 적극 돕기로 약속했다. 친구들은 비밀결사대처럼 〈유령〉을 아이들이 읽을 수 있도록 도서관에 꽂아 놓거나 아이들에게 청구 기호를 발송했다. 아이들은 조직적으로 움직였다. 기수가 자신을 고발하기 전까지 가온의 정체가 드러나지 않았던 것도 친구들이 비밀을 지켰기 때문이었다.

기수가 도서관에서 인터넷으로 모의고사를 치르고 있는 동안 학교에서도 모의고사가 치러지고 있었다. 수업 거부를 했던 아이들도 불안하고 초조한 얼굴로 시험 문제를 풀었다.

그 시간 회의실에서는 교육청 감사관들이 감사를 시작했다. 교감이 가장 먼저 감사관들에게 불려 갔다. 그다음에는 교무부장과 박인지와 박잉걸을 담당했던 담임들이 차례로 불려 갔다. 교장과 교감, 각 부장들의 컴퓨터와 교사들의 휴대폰이 압수당했다. 학생들 앞에서는 제왕처럼 군림했던 교장과 학생부 교사들이 감사관들 앞에서는 절절맸다. 특히 교장은 사색이 된 채 안절부절못했다.

도서관은 얼마 전까지 〈유령〉을 빌리러 오는 아이들로 문전성시를 이뤘던 곳이라고는 믿을 수 없을 만큼 한가했다. 은별은 책 정리를 하느라 임꺽정이 들어오는 것도 알아차리지 못했다. 임꺽정은 어디에도 마음 둘 곳을 찾지 못했다. 교실에 들어가 아이들 얼굴을 보는 게 두려웠다. 기수의 무기정학을 막지 못했다는 무기력감이 바위로 눌러놓은 것처럼 가슴을 짓눌렀다.

임꺽정은 스트레스를 받거나 힘든 일이 있으면 책을 펼쳤다. 책을 읽고 있는 그 시간만큼은 고통에서 벗어날 수 있었다. 임꺽정은 서가를 둘러보았다. 책이 눈에 들어오지 않았다. 지금은 그 어떤 것으로도 마음의 극심한 고통을 치유할 수 없을 것 같았다.

"뭘 찾으세요?"

은별이 옆에 와서 물었다. 은별에게서는 방울 소리가 났다. 맑게 찰랑찰랑하는 소리. 임꺽정은 은별 목소리를 듣자 이상하게도 마음이 울컥했다.

"모르겠어요."

임꺽정은 텅 비어 버린 눈빛으로 꽂혀 있는 책들을 물끄러미 바라보았다. 은별이 말했다.

"위로가 필요한 얼굴이군요."

임꺽정이 고개를 돌렸다. 은별은 지난번 운동장을 달릴 때보다 한결 편안해 보였다.

"제가 한 권 추천해 드릴까요?"

은별이 책 한 권을 내밀었다. 푸른색 표지에 고딕체로 '유령'이라고 적혀 있었다. 지은이는 송기수였다.

"이게 뭡니까?"

임꺽정은 책을 들고 펼쳐 보았다. 목차에는 표제작 〈유령〉 외에 몇 개의 단편이 더 실려 있었다.

"보시다시피 책이죠."

단편 〈유령〉은 처음 보았던 인쇄물이었을 때와 그 내용이 똑같았다.

"어떻게 된 거죠?"

"출판사에서 정식으로 출간했어요."

임꺽정은 표지를 자세히 살펴보았다.

"아빠의 서가? 처음 보는 출판산데요?"

"제 친구가 만든 출판사예요."

"네?"

"그러니까 이 책은 출판사에서 정식으로 나온 합법적인 책이라고요."

"저 잘 이해가 안 돼서 그러는데, 그럼 은별 씨 친구가 출판사를 차렸고, 〈유령〉을 거기서 정식으로 출간했고, 은별 씨는 지금 그 책을 도서관에 정식으로 입고했다. 이 말씀인가요?"

"제대로 이해하셨네요."

임꺽정은 책장을 넘겼다. 편집이나 종이 질이 썩 좋다고 할 수 없었지만 꽤 정성 들여 만든 흔적이 역력했다.

"교감 선생님한테 걸리면 어쩌려고요?"

"도서 구매는 제 담당이에요. 도서관 일은 모두 저한테 권한이 있고요. 그리고 이 책은 정식 절차를 거쳐 구매한 거예요. 걸리면 뭘 어쩌라고요?"

임꺽정은 어깨를 으쓱했다.

"그건 그러네요."

은별이 계속 말했다.

"〈유령〉은 제가 제작비를 댔어요. 친구는 최소한의 제작비만 받았고요."

임꺽정은 물끄러미 책을 내려다보았다. 은별이 얼음이 동동 뜬 아이스커피를 가져와 내밀었다. 임꺽정은 창가로 가서 밖을 내다보며 커피를 마셨다. 학교 전체가 유령의 집이 된 것처럼 조용했다. 은별이 임꺽정 옆에서 함께 밖을 내다보았다.

"안 물어보세요?"

"뭘요?"

"왜 제가 〈유령〉을 출간하기로 결심했는지."

"왜 출간하신 거죠?"

"전 정의니 뭐니 이런 거 몰라요. 근데 아이들은 믿어요. 가온은 저에게 그 믿음을 확인시켜 줬어요. 누가 뭐라고 해도 전 가온을 응원합니다. 이게 가온보다 몇 년 더 산 사람으로서, 아니 〈유령〉 애독자로서 제가 가온에게 해 줄 수 있는 최선이었고요."

은별은 손에 들고 있는 〈유령〉을 가볍게 흔들어 보이며 웃었다. 임꺽정은 문득 수업 시간에 기수가 했던 질문이 떠올랐다. 기수는 문학이 세상을 바꿀 수 있느냐고 물었다. 그때 임꺽정은 작가는 세상의 부조리를 외면해서는 안 된다고, 비록 한 사람의 힘은 미약하겠지만 그가 쓴 작품은 수많은 민중을 움직이게 할 수 있는 힘이 된다는 걸 믿는다고 대답했다. 그때의 기수 표정을 임꺽정은 잊을 수가 없었다. 뭔가 확신에 찬, 종이를 뚫을 것처럼 강한 그 눈빛을.

"은별 선생님."

"뭐예요, 그 표정?"

"이제 결심이 섰습니다. 고맙습니다."

은별은 영문을 모르겠다는 표정으로 고개를 갸우뚱거렸다. 임꺽정 얼굴이 도서관으로 들어올 때와는 반대로 확 밝아졌다.

임꺽정은 잔뜩 긴장한 얼굴로 교육청 감사관 앞에 앉았다. 감사관들은 다섯 명이었고, 모두 정장 차림이었다. 그들은 날카로운 눈빛으로 임꺽정을 바라보았다.

"임기정 선생님?"

"네."

"박잉걸 학생 담임이시죠?"

"그렇습니다."

"박잉걸 학생 대신 김동욱 학생이 봉사활동을 한 걸 알게 된 시기는 언제입니까?"

임꺽정은 침을 꿀꺽 삼켰다. 목이 탔다.

"다시 한번 묻겠습니다. 언제 알았습니까?"

임꺽정은 대답 대신 주머니에서 작은 봉투 하나를 꺼내 감사관 앞으로 내밀었다.

"제 대답은 여기 다 들어 있습니다."

감사관이 봉투를 열어 안에 있는 물건을 꺼냈다. 작은 USB였다.

"뭡니까?"

감사관이 USB를 노트북에 꽂았다. 다른 감사관들이 노트북 앞으로 모여들었다. 노트북을 들여다보던 감사관들 얼굴이 굳어졌다.

"이 자료 어디에서 입수한 겁니까?"

맨 처음 질문했던 감사관이 물었다. 그때까지 아무 말 없이 앉아 있던 임꺽정이 말했다.

"그동안 제가 모은 정보입니다. 제 잘못에 대한 부분은 달게 처벌받겠습니다."

그동안 학교에서 특정 학생의 뒤를 봐준다는 소문은

교사들 사이에서는 이미 공공연한 비밀이자 사실이었다. 운영 위원장인 은 여사와 교장의 검은 커넥션, 학교 공금을 횡령한 교장의 비리 등을 교사들은 대부분 알고 있었다. 그러나 어느 누구도 그 사실을 문제 삼지 않았다. 파헤치는 순간 교사직을 잃을 각오를 해야 했다.

얼마 전 행정실 직원이 퇴직했다. 임꺽정과는 평소 각별하게 지내던 친구였다. 그 직원은 시골에 내려가 농사를 짓겠다면서 임꺽정에게 교사직에서 잘리면 내려와 같이 농사를 짓자고 했다.

그 직원이 교장의 비리가 담긴 USB를 임꺽정에게 건네주었다. USB에는 그동안 교장이 저지른 공금 착복의 금액은 물론 방법까지도 마치 회계장부처럼 자세히 기록되어 있었다.

임꺽정은 그동안 특정 학생에게 특혜를 준 증거들을 모았다. '특정 학생 봐주기'는 박인지와 박잉걸에게만 국한된 게 아니었다. 오랜 시간에 걸쳐 공공연하게 자행되어 왔다. 교사가 문제지를 빼돌려 특정 학생에게 준 정황부터 성적을 조작해 준 증거, 심지어 각종 교내 대회에서 특정 학생에게 상을 몰아준 증거까지 있었다. 임꺽정은 그 모든 증거를 모아 감사관에게 제출한 것이다.

20

잉걸이 상담실로 들어왔다. 수시 원서를 쓰기 위해 학생들과 일대일 면담을 하는 시간이었다. 잉걸과는 3학년 담임을 맡고 처음 상담을 했을 때 이후로 두 번째 상담이었다. 가고 싶은 대학을 묻는 질문에 잉걸은 당당하게 서울대라고 대답했다. 임꺽정은 잉걸 생활기록부를 보고 고개를 끄덕였다.

전 과목 1등급, 교내 수상 기록과 동아리 활동, 독서 기록까지 완벽했다. 이런 학종은 부모와 자녀, 어느 한쪽의 의지만으로는 만들 수가 없다. 입시 전문 컨설턴트가 1학년 때부터 철저하게 관리해서 나온 결과물이다.

이 학교에는 박잉걸처럼 전문 컨설턴트의 도움을 받아 관리되는 아이들이 많다. 부모들도 열성적으로 도움을 주고, 아이들도 열심히 한다. 그렇다고 그 아이들이 모두 박잉걸처럼 완벽한 학종을 갖게 되는 건 아니다. 임꺽정은 생활기록부를 다시 들여다보았다. 장래희망란에는 1학년 때부터 3학년 때까지 부모와 본인 모두 '검사'라고 적혀 있었다. 희망 학교는 3년 내내 서울대였다.

"꼭 서울대를 고집하는 이유는?"

"당연히 가야만 하는 학교이고, 당연히 갈 수 있으니까요."

"아직도 검사가 되고 싶은 마음에 변함이 없니?"

잉걸이 임꺽정을 빤히 바라보았다.

"왜 변해야 하죠?"

"이번 일을 겪으면서 네 심경에 변화가 있지 않았을까 해서."

잉걸의 눈빛이 날카로워졌다.

"이번 일로 오히려 더 검사가 되고 싶어졌습니다."

"왜 그런지 물어봐도 되니?"

"모두가 저를 살인자로 몰아갔어요. 살해 위협까지 당했고요. 교실에 법과 정의는 없었습니다. 확인되지 않은 소문과 폭력만 난무했죠. 그런 무자비한 폭력 앞에서 제가 할 수 있는 건 견디는 것밖에 없었습니다. 사회에서도 이러겠죠. 힘없는 약자가 할 수 있는 건 없습니다. 전 반드시 검사가 돼서 법과 정의를 바로 세우겠습니다. 저 같은 피해자가 나와서는 안 되니까요."

임꺽정은 속에서 뜨거운 불덩어리가 불끈 솟아올랐지만 꾹 참고 물었다.

"그럼 넌 네가 약자라고 생각하니?"

"그 소설 내용은 사실이 아닙니다. 완전 개쓰레기예요. 전 누구에게도 도둑질을 시킨 적이 없습니다. 문호민이라는 애를 잘 알지도 못합니다. 선생님은 그 소설이 사실이라고 장담할 수 있습니까? 만약 문호민 일기에 그렇게 적혀 있었다고 쳐요. 하지만 그게 사실인지 아니면 일기에 소설을 썼는지 그걸 어떻게 알죠? 일기장 주인은 이미 죽고 없는데. 결국 아무 증거도 없이 저를 살인자로 취급한 겁니다. 저는 선의의 피해자입니다."

쌓여 있던 둑이 무너지듯 흥분한 잉걸의 얼굴이 벌겋게 달아올랐다. 잉걸은 말을 마치곤 잠시 숨을 고른 뒤 쐐기를 박듯 말했다.

"이미 저희 어머니가 송기수를 명예훼손죄로 고소했습니다. 절대 선처는 없을 겁니다."

임꺽정은 고개를 절레절레 흔들었다.

"아마 명예훼손죄는 성립되지 않을 거다. 소설에는 네 이름이 등장하지 않아. 하지만 송기수가 고소한 폭행죄는 성립될걸? 네가 좋아하는 증거와 증인이 많거든. 물론 나도 증인 중 한 명이고."

잉걸이 임꺽정을 노려보았다. 두 눈에 적의와 비웃음과 경멸이 가득했다. 임꺽정은 잉걸의 두 눈을 똑바로 바라보았다. 팽팽한 기 싸움을 하듯 두 사람은 한참 동안 서로를 노려보았다.

마침내 잉걸이 입가에 비웃음을 흘리며 말했다.

"그건 선생님이 걱정할 일이 아닙니다. 우리에겐 최고의 변호사가 있거든요."

"뭐, 어쨌든 끝까지 싸워 보자."

임꺽정은 책상 위에 흩어져 있는 각 대학 팸플릿을 가지런히 모아 놓은 뒤 물었다.

"원서는 어떻게 할 생각이니?"

잉걸이 자리에서 일어났다. 임꺽정은 잉걸을 빤히 올려다보았다.

"선생님은 신경 끄시죠. 원서는 제가 알아서 쓸 거니까요."

"그래? 그럼 그러렴."

문으로 걸어가던 잉걸이 뭔가 할 말이 있다는 듯 임꺽정이 앉아 있는 탁자 쪽으로 걸어왔다. 잉걸은 탁자에 양손을 짚은 채 임꺽정을 내려다보며 나직한 목소리로 말했다.

"제 스펙은 완벽합니다. 합격 못할 이유가 없죠. 단 한 가지 아쉬운 게 있다면 어머니가 대리 봉사활동을 시킨 겁니다. 저라면 그런 멍청한 짓은 하지 않았을 거예요. 하지만 뭐 괜찮습니다. 미친개들이 하도 짖어서 조금 시끄러웠지만 개들이 아무리 짖어도 전 제가 갈 길을 가면 되니까요. 선생님도 열심히 짖어 보시죠. 왈왈. 이렇게."

잉걸이 씨익 웃었다.

21

막바지 늦더위가 기승을 부렸다. 바깥 공기는 숨을 턱 막히게 할 만큼 습하고 무더웠다. 임꺽정은 도서관 문을 열었다. 땀에 젖은 얼굴에 시원한 냉기가 훅 끼쳤다. 로비에는 한 외국 그림 작가의 원화 전시회가 열리고 있었다. 임꺽정은 관람객 중에서 기수를 발견하고 곧장 기수에게 다가갔다.

요즘 어떻게 지내느냐는 임꺽정의 문자에 기수는 시립 도서관에 다니고 있다는 답장을 보냈다. 임꺽정은 5분만 시간을 내 달라고 했다.

“약속 시간에 정확히 오셨네요, 선생님.”

임꺽정은 자판기에서 음료수 두 개를 뽑아 기수에게 한 병을 내밀었다. 두 사람은 로비 쉼터에 있는 의자로 가서 앉았다. 임꺽정은 가방에서 책 한 권을 꺼내 기수에게 내밀었다. 푸른색 표지의 〈유령〉이었다.

"사인 좀 받으러 왔어."

기수가 쑥스러운 표정을 지으면서도 표지를 넘겨 사인을 했다. '임기정 선생님에게, 송기수'라고 적은 정직한 사인이었다. 임꺽정은 사인을 내려다보며 말했다.

"너도 연예인처럼 사인 하나 만들어라. 앞으로 유명 작가가 되실 몸인데."

기수가 피식 웃었다.

"그러지 마세요, 선생님. 민망하게."

임꺽정이 놀란 얼굴로 말했다.

"너도 웃을 줄 아는 소년이었구나."

기수가 이번에는 더 크게 빙긋 웃었다.

"〈설공찬전〉 뒷부분 쓰고 있니?"

"어떻게 아셨어요?"

"그냥 찍어 본 건데 맞았네. 역시 나의 찍기 신공이 아직 녹슬지 않았군."

"채수가 지하에서 욕할 거예요."

"아니, 고마워할 수도 있어. 채수는 몇백 년 뒤에 한 소년이 그 뒷이야기를 쓸 걸 예상하고 일부러 미완성으로 남겨 놓았거든. 믿거나 말거나. 하하."

기수가 따라 웃었다. 임꺽정이 기수 얼굴을 바라보며 뜬금없이 물었다.

"어떤 사람이 깨끗한 길에 쓰레기봉투 하나를 놔뒀어. 그 뒤에 어떻게 됐을 거 같니?"

"거리가 깨끗해졌나요?"

"아니. 그 반대야. 평소에 쓰레기를 버리지 않던 사람들도 하나둘 쓰레기를 버리기 시작했어. 그곳은 곧 쓰레기로 뒤덮였지."

"일종의 군중심리군요."

"그렇지. 다음에 그 사람은 같은 장소에 화단을 만들고 꽃을 심었어. 이번에는 어떻게 됐을까?"

기수가 곰곰이 생각했다.

"쓰레기가 사라졌겠군요."

"빙고. 예쁜 꽃밭이 되었어. 오래전에 텔레비전에서 봤던 내용이야."

기수는 말없이 로비를 바라보았다. 한 무리의 유치원생이 재잘대며 원화 전시회장 쪽으로 몰려가고 있었다. 임꺽정이 아빠 미소를 지으며 유치원생들을 바라보았다.

"예쁜 꽃밭 같네."

기수가 시계를 들여다보았다. 임꺽정이 재빨리 자리에서 일어났다.

"이런, 내가 네 시간을 너무 많이 빼앗았구나. 그만 가볼게."

기수는 현관까지 임꺽정을 배웅했다. 현관문을 열다 말고 임꺽정이 생각난 듯 말했다.

"참, 이사회에서 교장 선생님을 해직 처리했어. 곧 새 교장 선생님이 오실 거야."

"네."

기수의 담담한 표정을 본 임꺽정이 웃으며 말했다.

"아마 학폭위도 다시 열릴 거다. 조만간 너한테도 연락이 갈 거야."

"네."

임꺽정이 손을 내밀었다. 기수가 임꺽정 손을 잡았다.

"이제부터 우린 동지다. 학교에서 다시 만나자."

| 작가 메시지 |

소설 속 단편소설 〈유령〉은 아주 오래전에 구상했는데, 유령처럼 삶의 표면을 떠도는 아이를 그리고 싶었다. 단편이 장편으로 확장되면서 이야기에 더께가 더해졌다. 한 등장인물이 다른 등장인물을 끌고 왔고, 한 이야기가 다른 이야기를 끌고 왔다. 그렇게 5년이 지나갔다.

처음 글을 쓰기 시작했을 때는 쉽게 끝날 줄 알았다. 그런데 그게 아니었다. 어느 순간부터 원고가 동맥경화에 걸린 것처럼 꽉 막혔다. 한 줄도 쓸 수 없는 날들이 점점 많아졌다.

이런저런 분노가 마음 깊은 곳에서 들끓어 올랐다. 지금 아이들이 학교에서 당하고 있는 일들, 내가 학교 다닐 때 당했던 일들, 심지어는 초등학교 3학년 때 억울하게 도둑 누명을 쓰고 하루 종일 맞았던 일까지 떠올라 마음이 무겁고 답답했다(그때 왜 나는 아무 저항도 못했을까?).

작품을 쓰면서도 과연 내가 말하고자 하는 게 뭔지 스스로에게 끊임없이 되물었다. 작품 속 기수가 임꺽정에게 묻던 말은 내가 나에게 묻던 말이기도 했다.

"선생님은 문학이 세상을 바꿀 수도 있다고 생각하시나요?"

그 물음에 임꺽정은 바꿀 수 있다고 대답했지만 나는 확신이 없었다. 확신이 없다면 이 작품을 쓸 이유도 없었다. 그런데 어느 순간부터 기수가 나에게 확신을 주기 시작했다. 어른들이 무조건 덮으려고만 하는 불의를 기수는 자신의 온몸을 던져 막았는데, 나는 한 번이라도 그렇게 용기 있는 삶을 살아왔는지 스스로에게 되물었다. 문학이 세상을 확 바꿀 수 없으면 세상이 좀 더 좋은 쪽으로 변화해 가는 데 도움이 되었으면 하는 바람으로 이 작품에 마침표를 찍었다.

김선희